KLAUS ZEH
AM ENDE DES TAGES

Mit seinem zwanzigsten Buch widmet sich der Kult-Autor und Aktivist Klaus Zeh dem Schutz der Meere.
»Am Ende des Tages« ist eine Brandschrift gegen die Verschmutzung unserer Erde, und zugleich eine Hommage an diesen wunderbaren Planeten.
Nach den Erfolgen »Sophia« und »Solas« ist Klaus Zeh ein weiteres Meisterstück gelungen.

»Ein leiser, unerhört spannender Öko-Thriller.«

Klaus Zeh, Jahrgang 1965, ist Schriftsteller, Musiker und Liedermacher. Er lebt in Reutlingen. Klaus Zeh wird »der Meister der literarischen Skizze« genannt. Bezeichnend ist ebenso seine außergewöhnliche Themenwahl.
Seit 2015 setzt er sich künstlerisch und privat gegen Menschenhandel, Zwangsprostitution und sexuelle Gewalt an Kindern ein. Er ist Gründer der Initiative Kunst.GEGEN.Kinderhandel und Fördermitglied bei diversen Menschenrechts- und Umweltorganisationen.

Schon zu Beginn seiner schriftstellerischen Tätigkeit hat sich der Autor gegen die Veröffentlichung im herkömmlichen Verlagswesen entschieden. Ihm ist es ein großes Anliegen, seine künstlerische Unabhängigkeit sowie die Rechte an seinen Werken zu behalten.

Auf Instagram und Facebook finden Sie Klaus Zeh unter:
klauszeh.autor

Alle Werke des Autors sind auf der letzten Buchseite verzeichnet.

# Am
# Ende
# des
# Tages

**Klaus
Zeh**

**Bibliographische Information der Deutschen Nationalbibliothek:**
Die Deutsche Nationalbibliothek verzeichnet diese Publikation in der Deutschen Nationalbibliographie; detaillierte bibliographische Daten sind im Internet über http://dnb.d-nb.de abrufbar.
© 2025 Klaus Zeh
Verlag: BoD · Books on Demand GmbH, In de Tarpen 42, 22848 Norderstedt, bod@bod.de
Druck: Libri Plureos GmbH, Friedensallee 273, 22763 Hamburg
Umschlagfoto: Getty Images
Layout und Umschlaggestaltung: Adeline
Alle Rechte vorbehalten
ISBN: 978-3-7597-8548-0

Wenn die Welt eine Bank wäre,
dann hättet ihr sie längst gerettet.

Greenpeace

Ihr müsst eure Komfortzone verlassen.
Ihr müsst es wollen.
Es tut mir leid, aber es ist zu spät für Hoffnung.
Es ist Zeit zu handeln.

Sara Mardini

Anita Studer
gewidmet

*Der Fluss spricht nicht.*
*Er teilt nur das Licht, die Dunkelheit,*
*das Leben und den Tod.*

*Du musst ein Ufer wählen,*
*und danach gibt es kein zurück.*

# Der Fluss

**D**er Fluss ist meine Heimat.

Durch ihn lebe ich.

Seine beiden Ufer sind wie Geburt und Tod.
Dazwischen ist das Leben.

Der Fluss ist malachitgrün, manchmal dschungelgrün. Oder auch olivgrün.
Sommers, an hellen Tagen, ist er jadegrün.
Nachmittags, wenn goldgelbes Licht schräg durch die Uferweiden bricht, sogar smaragdgrün.

Fast immer tanzen Lichter auf ihm.
Illuminationen.
Schwimmende Blattspiegelungen und Wolkenbilder.
Wellen tragen sie in einem regelrechten Glitzertanz von Ufer zu Ufer.

Verkläre ich?

Manchmal sitze ich Stunden am Ufer.
Unter dem Dach einer Schwarzerle.
Und beobachte die sanft wogenden Licht- und Schattenspiele im Blätterwerk.
Den unruhigen wellenartigen Glanz auf den Unterseiten der Blätter.
Das vom Wasser hineingeworfene Licht, das sie spiegeln.

Der Fluss ist eine Schlange.
Ein Band.
Auf einer Landkarte ist er nur eine sich schlängelnde dünne Linie durch die Landschaft.

Aber er ist eine Lebensader. Ein Lebensspender.

Für tausende Tiere. Für die Auen.
Und für mich.

Der Fluss ist meine Heimat. Durch ihn lebe ich.
Aber das sagte ich bereits ...

Nicht, dass ich vom Fischfang lebe, ich esse keine Tiere.
Ich esse nichts, was auf diese Art lebt.
Vielleicht lebe ich auch nur *mit* ihm.

Früher, ich meine sehr viel früher, betrieben sie Handel auf
dem Fluss.
Mit Schiffen und Fischerbooten.
Noch früher sogar mit Flößen.

Heute paddeln und bevölkern ihn Wochenendtouristen mit
ihren Brettern und Schlauchbooten.
Und was sie sonst noch alles zu Wasser lassen.
Die Sucht der Menschen nach vergnüglicher Freizeitbetäti-
gung und Unterhaltung ist uferlos, um im Bild zu bleiben.

Doch ansonsten haben wir hier unsere Ruhe, die Flussbe-
wohner und ich.
Weit und breit keine Siedlung oder ein Gewerbegebiet.
Ein Glücksfall.
Auch für die Aue.

Mein kleines Holzhaus liegt direkt über einer der Biegun-
gen.
Ich wohne dreiunddreißig Stufen über dem Fluss.
Die Steintreppchen schlängeln sich durch Büsche und tief
geneigte Weidenzelte.
Sehr verwunschen. Und versteckt.

Darauf kommt es mir an.

Wenn er, so wie letztes Jahr im Herbst, Hochwasser führt, bleibe ich dennoch im Trockenen.
Die Aue des gegenüberliegenden Ufers stand im Herbst siebzehn Tage unter Wasser.
Dort wurden Wasser und Land eins.
Das gab es so lange noch nie.

Die Äste der Silberweiden am Ufer hingen wochenlang im Fluss, so hoch reichte das Wasser.
Ein paar Mal habe ich sogar Biber entdeckt, die sich im Astwerk der aus den Fluten herausragenden Bäume versteckten.
Tagelang war der sonst friedliche Fluss ein reißender Strom.

Der unaufhörliche Regen hatte ihn verändert.
Hatte ihn anschwellen und zu einer Breite auswachsen lassen, die besorgniserregend war.
Die Wasser waren in großen Wellen und mit schäumender Gischt über die Wehre geschossen.
So habe ich den Fluss noch nie gesehen, und erlebt.
Selbst meinen Hang hatten die Wassermassen erklommen.

An Rebekkas Geburtstag waren nur noch 11 Treppen zum Ufer hinab sichtbar, die anderen waren überflutet.
Ich bin nicht an ihr Grab gefahren, sondern blieb zu Hause und starrte den ganzen Tag auf den Fluss, der bedrohlich nahe ans Haus heranreichte.
Ende November hatte der Spuk dann endlich ein Ende.
Die massiven Regenfälle hörten auf. Der Fluss wich nach und nach zurück.

Seine Gerüche, die sehr unterschiedlich sind, strömen unaufhörlich zu mir herauf.
Ich lebe in seinem Atem.

Früh am Morgen riecht er anders als mittags, nachmittags, oder am Abend.

Nachts riecht man die Nacht durch ihn wie nirgendwo sonst.

Manchmal verändert sich sein Geruch sogar stündlich.

So wie er auch zu allen Jahreszeiten einen ganz bestimmten und eigenen Geruch hat.

Einen Jahreszeitengeruch.

Am Schönsten aber ist es im Frühling, wenn er nach Blüten riecht.

Meine Fenster sind so gut wie immer geöffnet.

Bei Wind ist es am Herrlichsten.

Der Geruch des Flusses vermischt sich mit den Düften der Bäume und Pflanzen, die auf meinem Hang wachsen und wuchern.

Vor allem die Malven wildern prachtvoll.

Und wenn die Linde blüht, ist es ein regelrechtes Fluidum.

Im Herbst riecht er manches Mal ein wenig modrig oder brackig.

Aber auch das liebe ich.

Ich weiß dann umso mehr, dass ich am Wasser lebe.

Was ich unbedingt brauche.

Und immer, ja wirklich immer, strömt eine wunderbare Kühle zu mir herauf.

Für die ich, besonders im Sommer, dankbar bin.

Eine Kühle, mit dem Duft nach Wasser.

Nach Flusswasser.

Die im Spätherbst dann allmählich zur Kälte wird. Wenn die Nebel kommen und sich nicht mehr verziehen.

Wenn eine nebelgraue Wand zwischen mir und dem Fluss liegt.

Wenn ich ihn nur noch rieche und höre, aber nicht mehr sehe.

Ich kenne den Fluss schon sehr lange.
Viele Sommer bin ich in ihm geschwommen. Immer bis weit in den Herbst hinein.
Er ist immer kühl, fast schon kalt, auch sommers.
Es ist mir schleierhaft, wie man in Freibädern, in diesen Brühen aus Sonnencreme, Schweiß und Urin schwimmen und plantschen kann, wenn es doch solch wunderbare Gewässer gibt.
Aber gut, mir soll es recht sein.
Man kann niemanden zu seinem Glück zwingen.

Und doch ... ich sollte es besser wissen.

Gerade ich!

Jedes Meer dieses wunderbaren Planeten ist radioaktiv belastet.
Jedes.
Und somit auch jeder Fluss.
Mehr oder weniger.

Sowie alle Seen, der Regen, die Fische – und wir, mehr oder weniger.

Vermutlich liegen vor allen Küsten diese Erde Fässer und Container mit radioaktivem Müll.
Wenn er nicht direkt über Rohre hineinfließt.
Es dürften weit über eine Million sein. Aber vielleicht sind es längst mehr.
Die Dunkelziffer ist wie immer weitaus höher.

Viele davon sind porös und löchrig.
Ihr Inhalt sickert ins Meer, unaufhörlich.

Seit Jahrzehnten.
Alle werden ihren Inhalt in die Meere ergießen.

Und in die Flüsse.

Und sie verschmutzen.
Zerstören.

Jeden Morgen und jeden Abend schwimme ich dennoch im Fluss.
Ich muss verrückt sein.
Immer zur selben Zeit. Egal, welches Wetter herrscht.
Nur nicht im Winter.

Rituale sind wichtig.
Sie sind die einzigen Konstanten im Tagesablauf.
So wie es auch im Kalenderjahr bestimmte Rituale zu bestimmten Ereignissen und Feiertagen gibt.
Sie begleiten uns durch das Jahr, die Feiertage sowie die Rituale.

Ich würde auch gerne im Winter schwimmen.
Doch meine Nieren sind nicht mehr dafür geeignet, seit ich als junger Mann eine Winternacht auf einem bloßen Steinboden in einem Pariser Hinterhof verbracht und mir ein Nieren- und Blasenleiden zugezogen habe.

Jedes Mal, wenn ich in ihn eintauche, erlebe ich eine Art Neugeburt.
So jedenfalls empfinde ich es.

Nicht, dass ich ein besserer Mensch dadurch werde, aber ich werde auf eine Art gereinigt, die ich nicht beschreiben kann.
Es ist geheimnisvoll.

Verkläre ich schon wieder?

Unter Wasser, völlig umgeben und getragen von diesem
wunderbaren Element, herrscht eine Schwerelosigkeit, die
mich in gewisser Weise dem Leben enthebt.
Ich fühle mich getragen.
Nur dort.
Nirgendwo sonst.

Jeden Nachmittag um drei Uhr starte ich mit meinem Kanadier, rudere flussauf- und flussabwärts und sammle Müll an
den Ufern.
Zwei Kilometer flussabwärts habe ich einmal einen Kühl-
schrank in Ufernähe aus dem Fluss gezogen. Das muss man
sich einmal vorstellen ...

Immer komme ich mit einem, manchmal sogar mit zwei Sä-
cken Plastikmüll zurück.
Müll ist überall. Überall wo Menschen sind.
Die Plastikindustrie produziert ihn Tag für Tag, Stunde für
Stunde.
In jeder Minute.

Und die Menschen werfen ihn achtlos in die Natur.
Überall. Auf der ganzen Welt.
Rund um den Globus die gleiche Achtlosigkeit.
Derselbe fehlende Respekt vor dem Planeten.

Vor unserer Erde.
Die Industrienationen leisten ganze Arbeit dabei.
Staatlich subventioniert.
Man müsste sie eigentlich zur Verantwortung ziehen.
Sie verpflichten, einen Großteil des Plastikmülls, den sie in
ihrer grenzenlosen Profitgier produzieren, aus den Meeren
zu fischen und zu entsorgen.

Niemand hindert sie daran, die Welt in diesem schrecklichen Ausmaß zu verschmutzen.
Keine Regierung der Welt greift ein. Weil jeder mitverdient.
Das ist ein Verbrechen.
Gegen die Welt.
Gegen die Natur.

Gegen uns.

Keiner dieser skrupellosen Umweltverschmutzer scheint das zu begreifen.
Oder sich dafür zu interessieren.

Ich frage mich, ob es in uns einen selbstzerstörerischen Hang gibt oder ob es nur blinde Raffgier und Narzissmus sind, wenn wir sämtliche Alarmsignale der Erde geflissentlich überhören.

Es wird zwar viel geredet und beschlossen, jedoch nichts umgesetzt.
Die gesteckten Ziele werden nie erreicht.
Die Klimagipfel sind heuchlerische und widerliche Possenspiele, seit Jahrzehnten.

Man beruhigt uns nur.
Mit Lügen.

Wundert es, dass Umweltschützer militant werden und sich radikalisieren?
Aber mich geht das nichts mehr an. Ich habe genug getan.
Seitdem sie mich mundtot gemacht haben, schreibe ich kein Wort mehr.
Jedenfalls kein journalistisches.

Jahre zuvor wurde mir noch ein Preis verliehen.

Für einen hochbrisanten Bericht über europaweite kriminelle Machenschaften in der Müllentsorgung.
Aufdeckung regelrechter mafiöser Strukturen, bis in die Politik hinein.
Die „Müll-Mafia Europas" lautete der Titel.
Aber vielleicht irre ich mich auch. Es ist schon eine ganze Weile her.

Das Preisgeld habe ich an eine Umweltorganisation gespendet.

Doch dann hat der Atommüllskandal im September 2012 mir das Genick gebrochen.
Meine Recherchen über die bis ganz nach oben in die Umweltbehörde reichenden Verstrickungen bei der Atommüllentsorgung im Ärmelkanal.

Über 200 000 Fässer atomarer Müll auf dem Meeresgrund.
Geschätzte 115 000 Tonnen.
Nirgendwo ein Aufschrei, Aufbegehren oder Widerstand.
Nirgendwo Einsicht und Vernunft.

Ich musste meine Stimme erheben.

Wenn die Verbrechen bis ganz nach oben in die Ministerien reichen, wird die Luft sehr dünn.
Extrem dünn. Und erst recht das Eis, auf dem man geht.
Regierungen lassen sich nicht gern eines Verbrechens beschuldigen.
Und Minister nicht gerne als Verbrecher bezeichnen.

Das war ein Fehler.
Aber es war die Wahrheit.

Der Fluss ist meine Heimat.
Durch ihn lebe ich.

*Rebekka*

Es begann mit Bauchschmerzen.

Solche, wie wir sie alle mal haben.
Etwas Falsches gegessen. Zu *viel* gegessen ... Zur falschen Zeit ... Zu spät am Abend.

Ihre Ärztin hatte sie bei der ersten Konsultation gleich wieder weggeschickt.
Vermutlich irgendeine Irritation, hieß es.
Doch die „Irritation" blieb.
Über Wochen.

Bei der zweiten Konsultation hieß es, sie habe einen Stressmagen.
Kein Wunder, bei diesem Leben!
Eine Ultraschall-Untersuchung wurde nicht durchgeführt.

Dann ging sie zurück nach Griechenland.

Rebekka arbeitete zu jener Zeit in einem der Flüchtlingslager.
Vierzehn bis sechzehn Stunden täglich.
Essen ausgeben, Gespräche führen, dolmetschen, Toiletten putzen, Kleidungsvergaben koordinieren, ärztliche Erstversorgungen organisieren, Hygieneberatungen durchführen, kochen, Seelsorge.
Mädchen für alles eben.

Bei einem Telefonat erzählte sie mir, dass immer wieder organisierte Verbrecherbanden in den Lagern auftauchten, oft mit Ausweisen von Hilfsorganisationen, und sich nach Kindern und jungen Mädchen umschauten, die sie kaufen, entführen oder verschleppen konnten.
Manche Eltern verkauften tatsächlich ihre Kinder.

Darüber musst du schreiben, forderte sie mich auf.
Komm her und schreib über dieses Elend, es ist unfassbar.
Niemand tut etwas dagegen.
Komm her und schreib darüber!
Es gibt hier alles, sagte sie, Prostitution, Zwangsprostitution, Betrug, Diebstahl, Gewalt, Verschleppungen, Entführun-
gen, Vergewaltigungen, Menschenhandel, Missbrauch, Tot-
schlag, Mord. Komm her und schreib darüber, jemand muss
es der Welt erzählen.

Aber ich kam nicht.
Diese Dinge gingen mich nichts mehr an.

Als sie sich mit den Menschenhändlern anlegte und bedroht
wurde, forderte ich sie auf zurückzukommen. Aber sie kam
nicht.
Sie antwortete nur: Wenn *ich* es nicht tue, tut es niemand.

Seitdem ich Jahre zuvor gefeuert worden war, verdiente ich
kein Geld mehr.
Wir lebten von Rebekkas Erbe.
Nicht im Übermaß, aber so, dass es uns an nichts mangelte.

Rebekka war manchmal monatelang unterwegs.
Sie pumpte Geld in Hilfs- und Menschenrechtsorganisatio-
nen.
Und warf sich selbst ins Gefecht.
Immer an vorderster Front.

Die Geschichte ihres Kampfes begann schon früh.

Sie hatte ihr Leben aufs Spiel gesetzt, als sie versuchte, mit
einem geliehenen Auto einen Castor-Transport zu verhin-
dern. Sie ließ das Auto einfach auf den Bahngleisen stehen
und haute ab. Das war ganz zu Beginn der Transporte, als

der Widerstand noch in den Kinderschuhen steckte. Ohne es verunglimpfen zu wollen.
Später hat sie sich mit anderen an Zuggleise gekettet.

Joschka Fischer wurde von einem ihrer roten Beutel getroffen, als die Grünen zur Regierungspartei und er Außenminister wurde, und ihrer Meinung nach zum Kriegstreiber.
Was man daran sehen konnte, worunter er seine politische Unterschrift setzte, meinte sie.
Sie hatte es für das Schlimmste gehalten, was dieser Partei passieren konnte.

In der Arktis hatte sie Robbenbabys mit Farbe besprüht, damit ihr Fell unbrauchbar wurde.
Ein Robbenfänger hat ihr bei einer dieser Aktionen bei einem Handgemenge das Nasenbein gebrochen.
In der norwegischen See hat sie, mit ein paar anderen Waghalsigen, in Schlauchbooten Walfangschiffe angegriffen und havariert.
In New York warf sie Farbbeutel auf UN-Delegierte. Die jedoch ihr Ziel verfehlten.

In Kenia legte sie sich mit Großwildjägern an, indem sie eine Organisation gründete, die Großwildjägerei verbot. Allerdings ohne Erfolg.
Am Ende demonstrierte sie ganz alleine vor der Reservats-Behörde und wurde von Passanten ausgelacht.

Sie forderte die UNO mit selbstproduzierten Videoclips auf, endlich etwas gegen die Verschmutzung der Weltmeere zu tun und nicht untätig zuzuschauen, wie Großkonzerne und Industriegiganten die Welt an den Abgrund treiben.
Außerdem wollte sie wissen, wofür die UN-Sicherheitsräte schamlos mit immensen Summen belohnt würden, wo doch zwei Drittel der Weltbevölkerung in völliger Armut lebten.

Und sie kämpfte in Brasilien für die Erhaltung des Regenwaldes, indem sie genau dort ihr Zelt aufschlug, wo abgeholzt wurde.
Ich weiß nicht, wie sie es geschafft hatte, aber einmal tauchte ein Fernsehteam der BBC auf und drehte einen kurzen Bericht über ihr Engagement.
Das Filmchen geistert heute noch durchs Internet.

Sie trug ein T-Shirt mit der Aufschrift *Save the Rainforest* und sprach kämpferisch in perfektem Englisch.
Eines Nachts tauchten maskierte Männer bei ihr auf.
Rebekka konnte rechtzeitig fliehen und rannte barfuß in den Regenwald, weil sie die Meute schon von weitem an ihrem Gegröle bemerkt hatte.

Die Männer schossen auf sie. Eine Kugel traf Rebekka in die Schulter.
Sie schleppte sich noch drei Kilometer weit.
Ein Zuckerrohrbauer, der illegal jagte, hat sie einen Tag später gefunden und in ein heruntergekommenes Krankenhaus nach *Cruz das Almas* gebracht.

Gleich nachdem ich von der dortigen Polizei angerufen wurde, buchte ich den ersten Flieger nach Bahia, obwohl ich es hasse zu fliegen.
Es waren die schlimmsten Stunden meines Lebens.
Ich habe sie verflucht. Dabei hat Rebekka mich nicht einmal gebeten zu kommen.
Doch sie wollte nicht nach Hause. Sie wollte bleiben.
Jetzt erst recht.

Nach einer Woche wurde sie entlassen.
Eine einzige Nacht nur währte mein Glück bei ihr zu sein. In einem etwas heruntergekommenen Hotelzimmer.
Am nächsten Morgen war sie verschwunden.
Ihr Duft lag auf meiner Haut.

Und auf ihrem Kopfkissen ein Zettel mit ein paar handge-
schriebenen Zeilen.

Sie bat mich, wieder nach Hause zu fliegen.
Sie müsse bleiben, diese Sache hier zu Ende bringen. Und
sie könne mich dabei nicht gebrauchen, weil sie mich liebe.
Es gäbe nur *mich*, ich solle mir keine Sorgen machen, und
sie werde nach Hause kommen, sobald dies hier erledigt
sei.

Ich wusste, wenn ich sie suchen und finden sollte, würde sie
mehr als nur wütend werden.
Also ließ ich es bleiben und flog schweren Herzens wieder
zurück.
Erst drei Wochen später hörte ich wieder von ihr.
Von ihrer Schussverletzung hat sie sich nie wieder richtig
erholt.
Sie lebte damit, indem sie sie ignorierte.

Rebekka war eine Aktivistin, wie sie im Buche stand.
Sie war unermüdlich. Egal, wo sie sich befand.
Egal, was sie tat.
Ich hatte nicht viel von ihr, zugegeben. Doch sie war die fas-
zinierendste Person, die ich in meinem Leben getroffen ha-
be. Sie war inspirierend. Herausfordernd.
Und sie war schön, wirklich schön.
Aber warum erwähne ich das?

Ihr letztes Projekt waren Menschen, die übers Meer nach
Europa flüchteten.
Sie wollte helfen. Am besten allen.

Willst du sie etwa alle nach Europa holen, fragte ich sie, als
wir eines Nachts telefonierten.
Es muss so gegen zwei Uhr gewesen sein. Weißt du überhaupt, auf welche Katastrophe wir zusteuern?

Das interessiert mich nicht, erwiderte sie. Die, die es schaffen, hier mit maroden Schlauchbooten anzukommen, brauchen unsere Hilfe, brauchen *meine* Hilfe. Ich frage nicht nach ihren Gründen, nach ihren Motiven. Sie haben dem Tod ins Auge gesehen. Sie haben alles riskiert. Reicht das nicht?

Das ist schlimm, Bekka, ich weiß ...
Nichts weißt du, fiel sie mir ins Wort, du bist ein Ahnungsloser, und du bist ein Ignorant. Ein Mal, ein einziges Mal nur bin ich mit einem der Schiffe rausgefahren und habe sie gesehen ... Leichen, überall Leichen auf dem offenen Meer. Das waren Menschen, hörst du, MENSCHEN!

Ich hörte Rebekka schluchzen.

Da draußen kreuzen Schiffe herum, mit Männern, die vollbesetzte Schlauchboote traktieren und verzweifelte, Hilfe suchende Menschen wieder zurücktreiben wollen, fuhr sie fort, und ich weiß nicht, wie weit sie noch gehen werden, um sie daran zu hindern an Land zu kommen. Ich muss hier bleiben, ich muss etwas dagegen tun.

Pass auf dich auf, Bekka, sagte ich nur und küsste sie durchs Telefon.
Auf meine Mails, in denen ich sie bat zurückzukommen, antwortete sie nicht.
Ein Mal nur schrieb sie: Ich kann nicht. Verzeih mir!
Warum du?, fragte ich, als sie mich einmal in den frühen Morgenstunden anrief.
Sie klang müde und traurig.
Weil ich diese Verantwortung spüre, sagte sie. Du etwa nicht?
Nein, ich spüre sie nicht, antwortete ich.
Warum nicht?

Ich bin ihr die Antwort schuldig geblieben.
Über ihren Tod hinaus.

Im Sommer 2019 saß sie siebzehn Tage lang in einem griechischen Gefängnis.
Nur eine beträchtliche Summe, die ich auf ein Konto in Athen transferiert hatte, konnte ihr die Freiheit bescheren.
Und dies zu einer Zeit, als die griechische Regierung die Kriminalisierung von humanitärer Hilfe vorantrieb und Helferinnen und Helfer strafrechtlich verfolgte.

Du musst jetzt zurückkommen!, habe ich daraufhin geschrieben.
Das geht nicht, antwortete sie, ich muss hier bleiben!

Erst im November 2021 kam sie zurück.

Doch nur, weil sie Geburtstag hatte und mir nicht zumuten wollte, selbst da noch alleine zu sein, während sie in einem Flüchtlingszelt auf einer griechischen Insel hockte und selbstgebackenen Sandkuchen gemeinsam mit Flüchtlingskindern aus Afrika verspeiste.
Was ihr bestimmt lieber gewesen wäre, da bin ich mir sicher.

Ich erkannte sie nicht gleich und erschrak, als ich sie über die Gangway kommen sah.
Sie hatte mit jedem Meter zu kämpfen. Ihr Rucksack zog sie nach hinten.
Zwei Mal blieb sie stehen und hielt sich am Geländer fest.

Als sie vor mir stand, musste ich die mir bekannten Gesichtszüge in ihrem Gesicht suchen.
Ihre blauen Augen lagen tief in den Höhlen. Darunter dunkle Schatten. Ihr Glanz war gänzlich erloschen. Der Blick stumpf.

Hohlwangig lächelte sie mich müde und ausgezehrt an.
Bring mich nach Hause, sagte sie nur.
Ich konnte sie kaum verstehen in dem lauten Getümmel des Terminals.

Auf der Fahrt sah ich, wie sich ein paar Mal ihre Lippen bewegten.
Sie wollte etwas sagen, doch sie hatte nicht die Kraft dafür.
Dann schlief sie ein und sank zur Seite. Zu mir herüber.

Ich war glücklich, dass sie endlich wieder Zuhause war und schwor mir, sie so schnell nicht wieder gehen zu lassen.
Aber ich wusste, dass sie sich nicht würde aufhalten lassen.

Ich konnte nur die Zeit, die ich mit ihr verbringen durfte, genießen.
Sie als Geschenk betrachten.
So war es schon immer. Mehr war nicht möglich.
Ein Leben ohne sie konnte ich mir nicht vorstellen.

Rebekka lebte für etwas Größeres als nur für die Liebe zu einem Mann.
Sie liebte die Menschen. Das klingt pathetisch, aber genau so war es.
Und sie liebte es zu helfen.
Es war ihre Pflicht, ihre Verantwortung.

Ich war eifersüchtig auf diese Verantwortung.
Und ich beneidete sie darum. Warum konnte ich nicht so sein?
Ein Mal hatte ich sie angebrüllt, dass sie alle anderen Menschen auf der Welt mehr liebe als mich.
Sie brauchen meine Hilfe, antwortete sie, du nicht.

Aber ich brauche *dich*, schrie ich.

Ich bin immer da, sagte sie, hier drin, und sie legte ihre Hand auf mein Herz. Du musst wissen, dass ich nur dich liebe, nur dich – immer.

Jetzt saß sie neben mir, zusammengesunken, und wirkte verändert.
Ich erlaubte mir nicht an das Wort „gebrochen" zu denken und verscheuchte es sofort wieder.
Sie sank noch ein wenig mehr zu mir herüber.
Ihr Kopf lag nun auf meiner Schulter. Ich roch ihr Haar.
In ihrem Seitenfenster sah ich in diesem Moment ein Flugzeug starten.
Schwer und träge erhob es sich und reckte mühsam die Schnauze in die Luft.

Ich musste an den Augenblick denken, als ich sie zum ersten Mal sah.
Wie sie mich mit ihrem Kajak in der Ems einfach überfuhr.
Sie kam aus einer Flussbiegung und schoss über mich drüber, als ich gerade auftauchte, und ramponierte mir die Schulter.
Dann hat sie mich aus dem Wasser gezogen und ins Krankenhaus gefahren.

An Heilig Abend 2021 stand sie nicht auf. Sie blieb im Bett. Schlief fast den ganzen Tag.
Ich hatte seit ihrem Geburtstag auf sie eingeredet, aber sie wollte nicht zu ihrer Ärztin gehen und wieder weggeschickt werden.

Ihr Zustand verschlechterte sich.
Am 11. Januar ließ ich mich auf keine Diskussion mehr ein und verfrachtete sie in den Wagen.
Wir fuhren zur Praxis.
Dort sagte ich, dass wir nicht wieder weggehen würden, bevor Rebekka gründlich untersucht worden sei.

Die Ärztin nahm sich für die Untersuchung gut eine Stunde Zeit.
Am Ende überwies sie Rebekka sofort ins Krankenhaus und entschuldigte sich unentwegt.

Drei Monate später war Rebekka tot.

Bauchspeicheldrüsen-Karzinom.

# Der blaue Planet

**E**s ist Zeit für meine Tour.

Ich ziehe den Kanadier aus den dicht gewachsenen Hasel-
nusssträuchern, die mir als Versteck für ihn dienen, lasse
ihn zu Wasser und hüpfe hinein.

Ich habe ihn nach Rebekkas Tod scharlachrot gestrichen
und *Raskolnikoff* getauft.
Eine Reminiszenz an Jugendtage.
Und an Dostojewski.
Back to the Roots, wenn man so will …

Ein weiches, hellgoldenes Septembernachmittagslicht
schimmert auf dem Wasser.
Glänzende Lichtinseln.
Immer dort, wo das Licht durch die Uferweiden bricht.
Die Blätter der Birken und Pappeln winken zaghaft in dem
dünnen Lüftchen, das weht.
Es ist sehr angenehm.

Der Fluss riecht nach Spätsommer.
Noch nicht die geringste Ahnung Herbst in der Luft.

Man hört nur das leise Plätschern von Fischen, die aus dem
Wasser springen, um sich eine Fliege zu fangen. Einen
Frosch hier und da. Und Grillengezirpe.
Blaue Libellen schwirren im Zickzackflug umher.
Ihre hauchdünnen Flügel und ihre schillernden Körper
glänzen im Licht.

Ich warte gespannt, ob der Eisvogel vielleicht noch auftaucht, der hin und wieder morgens zum Jagen hierher in
die Flussbiegung kommt.
Ab und zu finde ich ein paar seiner Schwungfedern auf meinen Stufen.

Es ist Mauserzeit.
Ich bewahre seine Federn in einer gläsernen Schale auf.
Ein wunderschöner Vogel.
Und ihm beim Jagen zuzusehen ist ein Ereignis.

Jeden Morgen nach dem Schwimmen steige ich seinetwegen mit meiner Teetasse die Stufen hinunter, setze mich in Ufernähe auf die siebte Stufe und warte.
Zuerst vernehme ich sein Rufen.
Dieses aufgeregte „Tih-Tih".
Dann weiß ich, dass es nicht mehr lange dauert und er saust im Sturzflug herab.

Wie ein kleiner blauer Pfeil, nur noch Schnabel und Farbe, stößt er ins Wasser, taucht ab und schießt schon einen Moment später mit einem Fisch im Schnabel wieder heraus und fliegt weiter.
Was für ein Jäger!

Doch heute scheint er anderswo auf die Pirsch zu gehen.
Und dort wohl schon erfolgreich gewesen zu sein.

Noch immer verharre ich ganz still und verborgen in meinem Boot unter einem ausladenden Weidenzweig und bewege mich nicht.
Doch er taucht nicht auf.
Also stoße ich mich einige Minuten später enttäuscht vom Ufer ab und paddle gedankenschwer flussaufwärts.

Der Fluss führt heute einiges mit.
Das ist mir schon beim Schwimmen ganz früh am Morgen aufgefallen.
Eine Menge Treibholz, Blätter und Pollenteppiche.
Und ich wundere mich, weshalb so viele Blätter der Traubenkirschen im Fluss treiben.
Habe ich heute Nacht etwa einen Sturm verpasst?

Dann höre ich sie schon von weitem.

Gegröle und laute Musik aus einem Ghettoblaster.
Plötzlich fliegt eine leere Bierdose im hohen Bogen ins Wasser.
Ich weiß ungefähr, wo sie sich in einem ins Wasser ragenden Weidengebüsch verfangen wird.
Ich kenne die Strömung hier.
Um die Bierdose kümmere ich mich später.

An diesen Uferstreifen schmiegt sich ein breiter Röhricht-Gürtel, in dem zwei Blaukehlchen nisten.
Es gibt nicht viele von ihnen hierzulande.
Und diese beiden werden sich wohl bald dem Zug der Zugvögel anschließen und nach Südspanien, Portugal oder Nordafrika aufbrechen.

Bis es soweit ist, möchte ich, dass sie sich hier wohl und sicher fühlen.
Und ungestört.

In einiger Entfernung rudere ich unter ein Silberweidengeäst, das weit übers Ufer ins Wasser wächst. Dort lege ich an, verberge mein Boot und gehe an Land.
Das Gras steht hoch.
Ich gehe ungern durchs hohe Gras.
In den Neunzigern habe ich eine Bekannte durch einen Zeckenstich verloren.
Meningitis.

Auf meinem eigenen Hang dulde ich kein hohes Gras.
Ich gehe regelmäßig mit der Sense darüber.
Naturverherrlicher weisen ja darauf hin, dass man diese Biester als Bestandteil des großen Ganzen akzeptieren und bejahen soll.
Das sehe ich nicht so.

Die Wipfel der Pappeln und Eschen bewegen sich im Wind.
Doch ich höre ihr Rauschen nicht. Die Musik aus dem Ghettoblaster ist zu laut.
Die vier jungen Burschen haben nun auch *mich* entdeckt.
Sie scheinen mich gespannt zu erwarten.
Und wohl auch ein bisschen belustigt.

Als ich bei ihnen ankomme, stellt einer von ihnen grinsend die Musik ein wenig leiser.
Da hocken sie also, lassen ausgelassen und selbstsicher einen Joint herumgehen und trinken billiges Bier aus Dosen.
Ganz und gar in Partystimmung.

Eure Musik ist zu laut, sage ich grußlos.
Wen störts!, grinst mich einer an.
Eine ganze Menge Tiere, die hier leben, erwidere ich.
Bei uns hat sich keiner beschwert, meint wieder derselbe.
Die anderen drei finden den Spruch offenbar gelungen und lachen los.

Zugegeben, ich finde ihn auch nicht schlecht, unterdrücke natürlich ein Schmunzeln.
Sie haben Angst, sage ich stattdessen.
Sie werden uns ertragen müssen, meint der Bursche selbstsicher.
(Er scheint das Alphatierchen zu sein.)

Aber *ich* ertrage euch nicht, sage ich, und ich fordere euch auf, die Musik noch leiser zu stellen und euren Müll mitzunehmen.
Was geht dich das an, entgegnet er, hast du hier etwas zu melden?
Jetzt steht er auf.
Er hebt die Schultern, pumpt die Brust auf.

Jungs, nehmt euren Müll anschließend mit, wiederhole ich.

Er kommt einen Schritt auf mich zu und sagt: Und wenn nicht, was dann?

Er blickt mich herausfordernd an.

Dann werde ich eine Anzeige machen, sage ich, das Kennzeichen eures Wagens habe ich mir notiert. (Was natürlich gelogen ist, aber ich habe Lust, ein bisschen für Wirbel zu sorgen.)

Die anderen erheben sich nun auch.

Das mit dem Autokennzeichen hat funktioniert.

Sie sind also mit irgendeiner Karre hier.

Vielleicht hat sich einer der Jungs den Wagen des Vaters oder der Mutter ausgeliehen.

Die vier Grünschnäbel sehen nicht so aus, als ob sie sich ihren Lebensunterhalt schon selbst verdienen.

Aber ich könnte mich auch irren.

Verpiss dich, sagt der Anführer nun drohend.

Was will der Penner, höre ich einen der Burschen sagen.

Wir verpassen ihm eine, wenn er nicht abhaut, sagt ein anderer.

Bist du nicht mehr ganz dicht?, erwidert der Dritte im Bunde.

Meine Nackenhaare richten sich auf.

Du sollst dich verpissen, wiederholt der Anführer und macht noch einen Schritt auf mich zu.

Er steht nun fast vor mir.

Ich rieche seinen Achselschweiß und den nikotinschwangeren Bieratem und werfe einen kurzen Blick an ihm vorbei.

Die anderen stehen noch immer abwartend bei ihren Handtüchern.

Das Risiko, von *ihnen* angegriffen zu werden, halte ich für gering.

Nur der Kerl direkt vor mir stellt eine Gefahr dar.
In seinen Augen funkelt es.
Er wird mich vermutlich angreifen, wenn ich ihn weiter
provoziere.

Nimm deine Kumpels bei der Hand und mach dich vom
Acker, Bübchen, sage ich zu ihm.
In diesem Moment will er mir einen Stoß gegen die Brust
versetzen.
Blitzschnell packe ich seinen Arm und bringe ihn mit einem
gekonnten Wurf zu Boden.
Sieben Jahre Wing Tsun machen sich bezahlt.
Er schreit überrascht auf.

Ich drücke ihm mein Knie ins Kreuz und fixiere ihn mit ei-
nem Hebelgriff.
Er stößt einen Schmerzensschrei aus.
Seine Kumpels wollen ihm einen kurzen Impuls lang zu Hil-
fe eilen, aber trauen sich dann doch nicht.
Sie starren sich erschrocken an.

Der Klassiker: Ihr Anführer liegt wehrlos am Boden, der
Mut hat sie verlassen.
Jetzt zückt einer der Dreien sein Handy.
Wenn du das tust, bist du der Nächste!, rufe ich ihm zu.
Er zuckt ängstlich zusammen und steckt es sofort wieder
ein.

Der Kerl am Boden jammert leise.
Ich beuge mich zu ihm hinunter und flüstere ihm ins Ohr:
Du nimmst jetzt deine Gang, ihr sammelt euren Müll ein
und verschwindet. Und wenn ich euch noch einmal hier
antreffe, dann vergesse ich mich, hast du mich verstanden!
Und überlegt euch, wie ihr mit unserer Natur in Zukunft
umgeht, wenn man es nicht in euch hineinprügeln soll. Ka-
piert?

Er macht keinen Mucks.
Ich drücke ihm mein Knie noch ein bisschen tiefer in den Rücken und verstärke den Hebel.
Ja, verdammt!, schreit er schmerzerfüllt. JA!
Gut, dann ab jetzt mit euch!

Ich löse den Griff und mache einen Sprung zurück.
Man weiß ja nie.
Aber der Bursche hat genug.
Er reibt sich übers Gesicht, greift nach seiner schmerzenden Schulter und geht zu seinen Kumpels zurück.
Sie schalten den Ghettoblaster ab, kramen schweigend ihr Zeug zusammen, sammeln ihren Müll ein und trollen sich.

Sie nehmen einen anderen Weg zurück.
Ich sehe ihre Fußspuren woanders im plattgedrückten hohen Gras.
Vermutlich wollen sie nicht an mir vorbei und nehmen einen Umweg in Kauf.
Hoffentlich war es ihnen eine Lektion.
Wenn nicht, habe ich damit wohl nur ihren Hass geschürt.
Eine Mischung aus beidem wäre akzeptabel, sage ich mir.

Als sie hinter einem kleinen Wäldchen aus Erlen und Eschen verschwunden sind, gehe ich zu meinem Boot zurück.
Ich merke, wie mir die Beine zittern.
Mein Atem ist schnell und flach. Er lässt sich kaum kontrollieren.
Mein Puls hämmert gegen die Schläfe.
Mir wird schlecht.

Kurz bevor ich mein Boot erreiche, geben meine Knie nach und ich sinke zu Boden.
Ich muss mich erbrechen.

Mein Erbrochenes wirkt skurril in dem nun bunt gesprenkelten Ufergras.
Erbrochenes wirkt immer und überall skurril, denke ich angewidert und wische mir mit einer Handvoll Flusswasser über den Mund.
Ich ziehe mein Boot aus dem Dickicht und steige hinein.
Das Wasser ist seicht auf dieser Uferseite.

Ich frage mich, ob die Jungs mich anzeigen werden.
War das noch Notwehr?
Hat er nicht zuerst nach mir geschlagen?

Die Schulter wird ihm eine Weile wehtun, mehr war aber nicht.
Vielleicht sind sie sogar froh, dass ich *sie* nicht anzeigen werde, wer weiß.
Ich muss es auf mich zukommen lassen.
Jetzt kann ich ohnehin nichts mehr ändern.

Wolken haben sich vor die Sonne geschoben.
Graublau und scheinbar undurchdringlich.
Eine nahende Phalanx.
Den Wetterumschwung habe ich weder gespürt noch gerochen.

Ich paddle los.

Abwechselnd, links ... rechts ... dann wieder links.
Fast monoton.
Komm zu dir!, schelte ich mich.
Ich muss das jetzt abhaken. Verdrängen, wenn nötig.

Links paddle ich lieber.
Ich liebe es, wenn das Paddel dort ins Wasser taucht.
Die Bewegung ist fließend.
Der Körper führt die Bewegung wie von selbst aus.

Es ist wie ein Tanz.

Wie Ein- und Ausatmen.

Es gibt einen leisen Schnitt an der Oberfläche, eine zarte Wunde.
Die sich sofort wieder schließt und noch im selben Moment heilt.
Ein Ritual.

Zuhause koche ich mir eine Kanne Tee.
Rebekkas Teesorten.
Auch ein Ritual.

Wenn sie Zuhause war, ging sie immer auf Kräuterwanderung.
Sie kam mit Beuteln voller Kräuter und Blätter zurück.
Weiß der Himmel, was ich gerade trinke.
Doch sie wusste, was sie sammelte, kannte sich aus.
Bis jetzt lebe ich jedenfalls noch, denke ich schmunzelnd.

Es ist jedes Mal ein kleines bisschen, als ob sie hier ist.
Ich sehe sie vor mir, wie sie mit ihren schönen Händen die Kräuter sammelte, trocknete, und daraus ihre eigenen Teesorten zubereitete.
Hände, die mich nicht mehr berühren.

Nie mehr.

Glücklicherweise werde ich noch lange von ihrem Tee trinken können.
In der Vorratskammer stapeln sich noch unzählige Beutel.
Keiner davon ist beschriftet.
Wenn ich nicht da bin, sagte sie, dann trink eine Tasse und denk an mich. Jeder ist eine Überraschung, ich werde sie nicht beschriften.

Und so ist es.
Ich bin jedes Mal aufs Neue gespannt, welches Kraut, welche Pflanze oder auch welche Frucht ich herausschmecke.
Oder welches Gewürz.
Am manchen Tagen jedoch kann ich keine ihrer Mischungen trinken.
Manchmal viele Tage lang nicht.
Jeder Schluck würde die Erinnerung und die Sehnsucht nach ihr noch verstärken.

Nach dem Essen, am frühen Abend, hat das Telefon noch immer nicht geläutet.
Auch an der Türe hat noch niemand geklopft.
Die Jungs haben mich offenbar nicht angezeigt.
Oder nicht herausbekommen, wer ich bin.

Ich lege meinen Lieblingsfilm in den DVD Spieler: Gravity.
Kein anderer Film zeigt die Erde vom Weltraum aus auf beeindruckendere Weise, finde ich.
Ich schaue mir den Streifen immer wieder nur deshalb an.

Die Erde fasziniert mich.

Dieser unfassbar schöne Planet.
Sein Blau.
Dieses Erdenblau.

Als draußen Gewitterwind aufkommt und es in der Ferne zu donnern beginnt, drücke ich die Pausentaste und öffne die Fenster.
Gerade als die Erde wieder einmal in ihrer prachtvollen Schönheit aus dem All gezeigt wird.

Standbild.

# Die Nachricht

**S**eit zwei Stunden regnet es ununterbrochen.

Viel Himmel sehe ich nicht durch das Blätterwerk der großen Bäume ums Haus.
Ihre verzweigten Wurzeln bedecken nahezu den gesamten Hang.
Wie ein weit verästeltes Geflecht aus Adern.

Das Stück Himmel über meinem Haus ist opalgrau.
Fast schwarz.
Das Prasseln des Regens auf die großen Blätter des Tulpenbaumes in der Mitte des Hangs ist sonst eigentlich die Ouvertüre zum Herbst.
Meistens jedoch erst ab Mitte Oktober.

Ich habe im Internet nach meinem letzten Artikel gesucht und festgestellt, dass das Netz tatsächlich nichts vergisst.
So lange liegt er nun zurück.
Er hat mich meinen Job gekostet und wohl irgendwie auch einen Teil meines Lebens.
Und auch er hat nichts bewirkt.
Außer dass ich über Jahre bei keiner renommierten Zeitung mehr eine Anstellung gefunden habe.

Erstaunlich, dass alle Bemühungen der letzten Jahrzehnte, erst recht jene von namhaften Umweltorganisationen, nichts verändert haben.
Ein sinnloser Kampf gegen Windmühlen, wie es scheint.

Konzerne und Regierungen stellen sich taub und blind.
Allen Studien und Untersuchungen über Umweltverschmutzung und daraus resultierendes erhöhtes Krebserkrankungsrisiko zum Trotz.

Noch immer landet Atommüll in den Meeren.

Heute offiziell wohl nicht mehr in Fässern. Dafür leiten sie das kontaminierte Kühlwasser der Brennstäbe über Rohre direkt ins Meer.
Warum rege ich mich auf?
Ich weiß das alles.
Und es ist mir bewusst, dass nichts dagegen getan wird.

Nirgendwo auf der Welt.

Irgendwann habe ich aufgegeben. Eine Entscheidung getroffen.
Man kann sich entscheiden, dass dies alles einen nichts mehr angeht.
Man kann sich ganz bewusst abwenden.
Ja, man *kann* sich entscheiden, immer.


„Wir töten unsere Enkelkinder, um unsere Kinder zu ernähren."
Ging das Zitat so?

Ich habe gelesen, dass manche Menschen den Mord an einem Diktator rechtfertigen.
Ist ein solcher Mord gerechtfertigt, wenn er das Leben vieler rettet oder verbessert?
Muss erst ein Minister für Umwelt sterben?
Oder ein Atomkraftwerkbetreiber?

Würde ein Attentat irgendetwas ändern?
Haben etwa die RAF-Attentate in den 70er Jahren des letzten Jahrhunderts etwas geändert?
Ist das Handeln gewisser Öko-Aktivisten gerechtfertigt?
Darf man ihr Tun mit Terrorismus gleichsetzen?

Wie radikal darf man sein?

Wie weit darf man gehen, um die *Erde* zu retten?

Sich auf die Straße zu kleben ist wohl aufsehenerregend, aber radikal würde ich das noch lange nicht nennen.
Heiligt der Zweck jedes Mittel?
Darf man Schaden zufügen, um zum Umdenken zu bewegen?
Oder um zu stoppen?

Fügen uns Ölkonzerne, Chemiegiganten, Kunststofffabriken und Atomkraftwerke nicht auch Schaden zu?
Jedem Einzelnen.
Der gesamten Menschheit.

Ist es nicht so?

Doch was solls, es geht mich nichts mehr an.
Als ich zum Sofa hinübergehe, um „Gravity" weiter anzuschauen, erklingt der Ton einer eingehenden E-Mail.
Ich gehe zum Schreibtisch zurück und öffne sie.

Der Absender ist anonym.
*Vor der Küste, südlich der Vogelinsel, liegen 17 Fässer mit atomarem Müll auf Grund.*

Das ist alles. Mehr steht da nicht.
Ich muss mich setzen. Lese noch einmal.
Keine Koordinaten. Keine nautischen Begriffe. Nichts.

Wer schickt mir so eine Nachricht?
Und warum?

Da will sich jemand einen Scherz erlauben.
Natürlich. Was sollte das auch sonst sein.
Atomarer Müll ... zwei Kilometer vor der Küste ... draußen bei der Vogelinsel.

Heimlich entsorgt, bei Nacht und Nebel.
Illegale Verklappung.
So haben sie das früher schon gemacht.
Aber warum nur so wenige Fässer?
Kann das stimmen?

Und jetzt?

Ich stehe auf, gehe grübelnd umher.
Was soll *ich* mit dieser Nachricht anfangen, es gibt die Umweltbehörde.
Noch einmal gehe ich zum Schreibtisch und starre auf die geöffnete Mail.

Warum ich?
Was soll das?

# *Rebekkas Traum*

Ich setze mich wieder und beginne zu recherchieren.

Vielleicht spuckt das Internet ja ein wenig Information aus und diese Nachricht ist gar keine wirkliche Neuigkeit mehr. Manchmal ist die Dreckschleuder sogar zu etwas nütze.

Eine halbe Stunde später habe ich noch immer nichts herausgefunden.
Kein Artikel. Kein Blogeintrag. Kein Vermerk, nirgendwo.
Nicht die kleinste Bemerkung.

Auch auf den linken Foren finde ich nichts.
Selbst bei den Extremen wird nicht darüber geschrieben.
Nirgendwo ein Shitstorm. Das Netz weiß anscheinend nichts darüber.
Es hat doch sonst bei allem sein großes Schandmaul offen.

Wer hat diese Nachricht geschickt?

Rückfragen ist sinnlos.
Dieser Person geht es nicht um ein Gespräch mit mir.
Sie will unerkannt bleiben.
Ich klappe den Laptop zu und lege ihn zurück in die Schublade unter der Schreibtischplatte.

Warum sollten mich 17 Fässer atomaren Mülls auf dem Grund des Meeres interessieren?
Alle Meere sind davon betroffen.
Alle Küsten.
Alle Ufer, mehr oder weniger.

Aber diese hier liegen gewissermaßen vor meiner Haustüre.
Direkt an der Meeresmündung.

Ach so, höre ich Rebekka in Gedanken erwidern, ist es deshalb von Bedeutung, weil sie vor *deiner* Haustüre liegen?

Natürlich nicht.
Und irgendwie auch schon.
Rebekka die Besserwisserin. Die Nörglerin.
Die Kämpferin.
Selbst wenn es aussichtslos war.

Wie oft sie von Martin Luther King gesprochen hat, von seinem Traum.
Von seinem bedingungslosen Kampf.
Und von seinem Tod, seinem Scheitern, das doch ein Sieg für die Welt war.
Und für sie, Rebekka.

Es war eigentlich gar kein richtiger Traum, habe ich vor Jahren einmal zu ihr gesagt.
Was redest du da?, ging sie mich an.
Er hat sich bewahrheitet, meinte ich, das ist kein Traum. Die Kraft eines Traumes besteht doch genau darin, dass er sich eben nicht bewahrheitet und wir aus dessen Kraft schöpfen. Aus der Sehnsucht leben. Über Generationen hinweg.
Aber Doktor King wusste nicht, dass sich sein Traum bewahrheiten würde, hatte Rebekka erwidert, solange er lebte war es ein Traum und keine Wirklichkeit. Bewahrheitet hat er sich erst nach seinem Tod. Du musst schon chronologisch denken, mein Liebling, sagte sie naserümpfend. Er hatte einen Traum, für den er uneingeschränkt lebte und kämpfte, darauf kam es an. Er lebte für eine größere Sache.

Und starb für sie, fügte ich abschätzig hinzu.
In meinen Augen ist er ein Held, sagte Rebekka.

Ich habe geschwiegen.

Wenn sie Zuhause war, schrieb sie stundenlang Mails und schickte sie rund um den Globus.
Sie wäre am liebsten überall gewesen, zur gleichen Zeit.
Und brannte sich dabei aus.

Wenn ich sie manchmal für einen Tag zur Ruhe und zum Stillstehen zwang, wurde sie missmutig und begann an Dingen herumzunörgeln, die sie sonst mochte.
Auch an mir.

Liebte sie mich eigentlich?
Ich habe sie das nie gefragt.

Es hat mir genügt, dass sie immer wieder zu mir zurück kam.

# Die Möwe

**D**u musst etwas tun, flüstert Rebekka mir zu.

Erschrocken richte ich mich auf.
Das war ihre Stimme, ich täusche mich nicht!
Aber ich bin alleine.
Sie ist nicht hier.
Sie ist tot.

Es ist stockdunkel.

Ist das noch Teil eines Traumes?
Das Display meines Handys zeigt 3.33 Uhr an.
Es gibt keine Zufälle, sage ich mir, die Augen wach reibend.

Rebekka?, sage ich laut und horche.
Keine Antwort.

Rede nicht mit einer Toten, sage ich zu mir und überlege, ob ich aufstehen soll.
Ich habe Hunger.
Ich könnte mir ein Blech mit wilden Kartoffeln in den Ofen schieben.
Um diese Zeit?, sagt Rebekka vom Fenster her.

Immer wieder träume ich von ihr. Aber mit ihr reden ...
Als ich zum Fenster blicke, ist da niemand.
An Schlaf ist jetzt ohnehin nicht mehr zu denken, also steige ich aus dem Bett.

Kurz vor halb fünf sitze ich am Küchentisch und esse wilde Kartoffeln mit Ketchup.
Ungewöhnliches Frühstück, denke ich schmunzelnd, erst recht um diese Zeit.
Aber ich will gerüstet sein.

Gegen 6.00 Uhr starte ich den Jeep und fahre aus dem Carport.
Der schmale Stich zu meinem Haus ist eine Sackgasse, in der nur mein Haus steht.
Ein Privileg. Dank Rebekka.

Ich vermute, was ich jetzt vorhabe, geschieht hauptsächlich ihretwegen.
Als ob sie mir beim Leben zuschaut und mich beurteilt.
Sie ist so etwas wie eine moralische Instanz geworden.
Wobei, in gewisser Weise war sie das auch schon, als sie noch lebte.

Vielleicht mache ich es sogar *für sie*.

Die Landstraße ist auf den ersten Kilometern von Pappeln gesäumt.
Dahinter Felder über Felder, die kurz vor der Ernte stehen.
Und bis an den Horizont reichen.
Rebekka liebte diese hügellose Weite.

Hunderte Schwalben sausen über sie hinweg.
Sie formieren sich im Lichtblau des frühen Septemberhimmels zu waghalsigen Manövern.
Bald ist es auch für sie soweit.
Dann brechen sie auf zu ihrem zehntausend Kilometer langen Zug nach Afrika.
Nicht alle werden zurückkommen.
Und nicht alle werden überhaupt dort ankommen.

Über die ockerfarbenen Felder im Osten lugt schon die aufgehende Sonne.
Venezianischrot und ein Hauch Rosa.
Ein wenig später tauchen auch die ersten Silbermöwen am Himmel auf.
Chiffrenmaler, ganz weit oben.

Ihr strahlend weißes Gefieder glänzt im Morgenlicht.

Ich fahre nördlich.
Zur Küste.

Der Himmel dort ist wässrig. Und irgendwie fasrig.
Kaum ein Fahrzeug kommt mir entgegen.
Die Möwen künden von der Nähe des Meeres.

Ich öffne das Seitenfenster und lasse die kühle Luft herein-
strömen.
Eine Flut an Frische und Duft nach Korn und Stroh.
Nach gemähten Wiesen und feuchtem Holz.

Wunderbarer Küstenmorgen.
Reines Septemberlicht über den Feldern, wie in einer leisen
Bewegung.
Möwengeschrei.
Sie legen die Flügel an, senken sich herab, kommen näher.
Begleiten sie mich etwa?

Im linken Seitenfenster taucht der Fluss auf.
Als ob er das Land zerteilt.
Viel breiter ist er hier. Mächtiger.
Baumlose Wiesen bis an seine Ufer.

Selbst aus dem fahrenden Auto bemerke ich, dass seine
Strömung hier stärker ist.
Er strömt aufs Meer zu. Hin zur Mündung.
Ein opakes, sumpfgrünes Band, kraftvoll, unaufhaltsam.
Wenn er will, halten ihn auch die Wehre nicht auf.

Aber er will zum Meer.

Wie wir alle.

Gerade landen, aus Norden kommend, zwei Schwäne, schwerfällig, mit viel Tumult und aufspritzenden Wasserfontänen.

Ihr weißes Federkleid hebt sich kontrastreich vom Schwarzgrün des Flusses ab.

Einen Moment lang wirkt alles wie ein farbensattes Ölgemälde.

Wie schon immer frieren solche Momente in meinem Gedächtnis ein.

Auch dieser.

Werden zu Bildern. Zu Momentaufnahmen.

Und haften für immer in meiner Erinnerung.

Die beiden auf dem Fluss landenden Schwäne im frühen Septemberlicht, die Wasserfontänen, die zu Tausenden aufspritzenden Wassertropfen im Morgenlicht, das werde ich nie wieder vergessen.

In der hereinströmenden Luft rieche ich das Salz des Meeres.

Die Algen. Die Weite.

Und die Kälte des Wassers.

Wenige Minuten später erreiche ich die Küste.

Das Bootshaus liegt im Dunst.

Nebelschwaden treiben über der Bucht.

Die Vogelinsel versteckt sich hinter dichtem Grau.

Ein Schwarm Wildenten stobt auf, als ich am Schilfgürtel entlang zum Bootshaus fahre.

Sie fliegen dicht über das Dach des Jeeps hinweg.

Mir fällt auf, dass ich lange nicht mehr hier war.

Das Bootshaus bräuchte einen neuen Anstrich.

Zum Glück ist das Vorhängeschloss unversehrt.

Über die Jahre gab es immer wieder Einbrüche in die Boots-
häuser an diesem Küstenstreifen.

Das Meer ist ein wenig aus der Bucht gewichen.
Eine einzelne Mantelmöwe kreist tief über ihr.
Sucht den Strand nach Futter ab.

Wenn das Meer, wie jetzt, zurückgewichen ist, werden die
Gefiederten zwischen Seegras, Gneis, Granit und Porphyr
stets fündig.
Das Schilf steht hoch. Wie eine Mauer.

Als ich die Tür öffne, schlägt mir muffige, abgestandene Luft
entgegen.
Ich bin wirklich lange nicht mehr hier gewesen.
Seit ... Nein!
Ich vertreibe sofort wieder den Gedanken und mit ihm die
Bilder, und öffne alle Fenster.

Doch er kommt zurück.
Und die Bilder auch.

Rebekka sitzt plötzlich im Korbsessel, den sie vor die Glas-
front zur Veranda geschoben hat.
Sie liebte den Blick aufs Meer.
Sie lächelt und formt die Lippen zu einem Kussmund.
Winkt mich zu sich her.

Ich schließe die Augen.

Als ich sie wieder öffne, ist der Sessel leer.
Werde ich langsam verrückt?

Wir beide liebten dieses Bootshaus.
Wundervolle Zeiten haben wir hier verbracht. Wenn sie da
war.

Noch immer versprüht es seinen Charme.

Ein einziger großer Raum, hell, geradezu lichtdurchflutet.
Dort drüben das große rote Sofa, urgemütlich.
Das stabile Bett aus altem Eichenholz auf der anderen Seite.
Die kleine Küchenzeile an der Stirnseite.

Ich sehe sie dort stehen und mit Töpfen herumfuhrwerken.
Sie hat eines ihrer viel zu langen Shirts an, in denen sie immer schlief und die sie den ganzen Tag anbehielt, pink oder fliederfarben.
Sonst trägt sie nichts.
Ach doch ... hellblaue Wollsocken.

Ich spüre schmerzlich die verlorene Schönheit dieser Tage.
Und muss den Blick abwenden.

Überall entdecke ich die verholzten Früchte einer Schwarzerle, die Rebekka gesammelt hat, um damit das Bootshaus zu schmücken.
Sie liegen verstreut auf dem Sideboard, baumeln als Windspiele von der Decke.
Und umkränzen verstaubte Kerzen, die überall herumstehen.

Luft! Ich brauche mehr Luft!
Und einen fernen Horizont. Den Blick auf etwas Großes.
Etwas, das größer ist als ich. Und mein Leben.
Viel größer!
Ich stoße die Verandatüren auf.
Man kann sofort das verdorrte Seegras in der Bucht riechen.
Und natürlich das Meer.

Einige Bodenbretter der Veranda sind morsch.

Sie geben unter meinem Gewicht nach. Hier muss etwas getan werden.
Aber will ich das überhaupt?

Das Schloss der Bootsgarage ist ebenfalls unbeschädigt.
Auch mein Außenborder ist unversehrt.
Ein 2 Takter. 25 PS.
Ein Motor wie ein kleines Nähmaschinchen.
Hat mich noch nie im Stich gelassen.

In Königsblau habe ich an den weißen Bootsrumpf den Namen *Möwe* gepinselt.
Noch am Tag des Kaufes.
Rebekka hat „die Nussschale", wie sie es nannte, immer ein wenig belächelt.
Mir war das Boot nie zu klein. Es ist immerhin über vier Meter lang.

Auch der Metallschrank ist noch verschlossen.
Tatsächlich wurde unser Bootshaus nicht von Einbrechern heimgesucht.
Alles ist noch da, und in gutem Zustand.
Tauchanzug, Tarierweste, Kopfhaube, Füßlinge, Sauerstoffflaschen, Atemregler, Flossen, Finimeter, Tauchmaske und Tauchlampe.
Pflege und sorgsamer Umgang lohnen sich.
Nur die beiden Sauerstoffflaschen muss ich neu befüllen.
Ich verstaue alles wieder im Metallschrank und verschließe das Tor.

Auf der Veranda halte ich inne und blicke aufs Meer.

Der Nebel hat sich gelichtet.
Die Vogelinsel liegt in trübem Sonnenlicht.
Eine riesige Schar Möwen hockt schreiend auf ihr, unruhig, unentwegt in Bewegung.

Auf der Meereskante bewegt sich langsam eine Fähre west-
lich, beinahe spielzeugklein.
Wie von einer unsichtbaren Schnur gezogen.
Die hohe Kimmung hebt das Schiff unnatürlich an.
Als schwebe es über dem Wasser.

Die Farbe des Meeres verändert sich mit der aufsteigenden
Sonne.
Ist jetzt kobaltblau.
Genau dort, wo das Licht hinfällt.

Es herrscht kaum Seegang.

Die Vogelinsel ragt mit einem Mal deutlich über die fast
glatte Wasserfläche.
Oft bin ich dort gewesen.
Schon als Kind, als sie noch nicht unter Naturschutz stand.

Vermutlich liegen die Fässer im Jadegraben.
Die tiefste Stelle dort.
*Ich* würde sie dort verklappen, wenn ich müsste.
In den Neunzigern war ich zwei Mal dort unten.

Wann bin ich eigentlich zuletzt getaucht?

Ich glaube, es war 2015 oder 2016 am Great Blue Hole.
Ungern erinnere ich mich daran.
Ich habe die Höhlen dort unten völlig unterschätzt.
Und zum ersten Mal in meinem Leben hatte ich enorme
Probleme mit dem Druckausgleich.

Ja, das war mein letzter Tauchgang.
Ich habe damals den Fehler gemacht, es nie wieder zu ver-
suchen.
Ein Jahr zuvor, am Jolanda Riff, ist noch alles gut gegangen.

Und auch die Azoren im Mai oder Juni 2012 waren eine erstklassige Erfahrung.
Aber am Great Blue Hole ...

Ich muss mich vorbereiten, in aller Ruhe.
Am besten Zuhause.
Ich bin noch nicht in der Verfassung wieder zu tauchen.

Warum hast du Angst, es ist nur die Bucht vor deiner Haustüre?, fragt Rebekka, die plötzlich hinter mir steht.
Du hast keine Ahnung, Bekka, erwidere ich, es ist die Tiefe, die Bodenlosigkeit, die Stille.
Und ... fährt sie mir ins Wort, du bist doch schon an ganz anderen Stellen getaucht.
Es ist still, Bekka, *zu* still dort unten. Und mein Körper ... ich ...

Verstört blicke ich umher.
Außer einer Handvoll Sturmmöwen, die am Ufer herumhüpfen, hin und wieder hektisch auffliegen, mit geneigtem Kopf und geübtem Blick nach Nahrung spähen, ist niemand zu sehen.
Verdammt!

Warum soll ich nach diesen Fässern tauchen?, frage ich mich.
Weil Rebekka es will?
Und dann? Was, wenn ich sie finde?
Umweltbehörde?
Polizei?
Presse?
Wegen 17 Fässern?

Ich sollte die Finger davon lassen.

Ich kehre dem Meer den Rücken zu, gehe zurück ins Bootshaus und packe eilig zusammen.
Nachdem ich alle Schotten dicht gemacht und die Türe wieder verschlossen habe, steige ich in meinen Jeep und starte
den Wagen.
Der Motor heult auf.

Ich bemerke, dass ich, noch im Leerlauf, das Gaspedal bis
zum Anschlag durchdrücke.
Reiß dich zusammen!, schnauze ich mein Spiegelbild im
Rückspiegel an.
Oder zumindest das, was ich in dem schmalen Spiegel
davon sehen kann.

Erneut scheuche ich die Wildenten auf, als ich am Schilfgür-
tel entlangrase.
Ihretwegen nehme ich einen Moment den Blick von der
Schotterpiste.
Genau in diesem Augenblick fliegt mir ein Graureiher vor
die Kühlerhaube.

Mit voller Kraft steige ich auf die Bremse.
Mein Kopf schnellt ruckartig nach vorne.
Der Gurt reißt mich in den Sitz.
Mein Herz rast.

Eine Sekunde vergeht.
Eine weitere.

Starr vor Schreck umklammere ich das Lenkrad.
Soll ich aussteigen?
Ich will den Vogel nicht tot vor meinem Jeep liegen sehen.
Oder schwer verletzt.
Ich könnte sein Leid nicht beenden.

In diesem Moment flattert der Reiher geräuschvoll auf.

Zuerst sehe ich nur seine wild schlagenden Flügel.
Sie hämmern gegen den Kühlergrill.
Verzweifelt flatternd erklimmt er die Motorhaube und gleitet darüber.
Sein Schnabel ist aufgerissen, ohne dass ein Laut entweicht.
Er klatscht direkt vor meinem Gesicht an die Windschutzscheibe und kämpft sich weiter hoch.
Rutscht mehr darüber als dass er fliegt oder läuft.

Dann höre ich seine Krallen auf dem Dach entlangschlittern.
Das quietschende, scharrende Geräusch fährt mir durch Mark und Bein.
All das dauert nur ein paar Sekunden.
Ich drehe mich um und schaue durch die Heckscheibe.

Er ist weg.

Mein Kopf sinkt langsam aufs Lenkrad.
Ich bin müde. Erschöpft.
Höre mein Herz schlagen, irgendwo im Hals pocht es.
Und das Blut rauscht mir in den Ohren.

Ich bemerke, dass ich den Motor abgewürgt habe und starte ihn wieder.
Im Schritttempo fahre ich weiter.

Als ich auf die Landstraße abbiege, sehe ich eine große Schar Krähen, die über einem Feld kreisen. Es müssen gut und gerne dreißig oder vierzig sein.
Ich muss an den Reiher denken.
Einen Moment lang, als er sich über meinen Jeep kämpfte, habe ich ihn für einen Kranich gehalten.
Ein Kranich ...

Vielleicht sollte ich auch zum Zugvogel werden.

# Der Tanz der Kraniche

Ich öffne die Fenster, lasse den Fahrtwind herein.
Er soll mich ordentlich durchpusten.
Auf andere Gedanken bringen.

Septemberluft.
Etwas ganz Besonderes.

Ich beginne, an sie zu denken.

An ihre Bewegungen. An ihre Schönheit. Ihre Anmut.
Mandschurenkraniche und ihr Balztanz.

Gibt es etwas Schöneres in der Vogelwelt?
Oder überhaupt einen schöneren Vogel?
Allein schon seine karmesinrote Krone ist eine Adelung.

Wer weiß, ob es sie überhaupt noch gäbe, wenn das japanische Kultusministerium sie vor fast einhundert Jahren nicht zum Naturdenkmal ernannt hätte.
Die Tradition bis dahin, sie zu Neujahr zu verspeisen, hatte sie fast ausgerottet.

Als ich eine halbe Stunde später wieder den Fluss im Seitenfenster entdecke, beschließe ich, die Sache mit den Fässern auf sich beruhen zu lassen.
Ich bin nicht mehr der Mann fürs Grobe.
Es reicht doch, dass ich jeden Tag den Müll von den Flussufern räume.
Oder etwa nicht?
Ich will meine Ruhe.
Jedes einzelne Fass mit atomarem Müll, das heute noch verklappt wird, ist ein Verbrechen.
So viel steht fest.
Aber warum soll *ich* mich darum kümmern?

Dafür gibt es doch zuständige Institutionen und Personen, die weitaus prädestinierter sind als ich.

Vielleicht sollte ich tatsächlich der Umweltbehörde einen Tipp geben.
Ich leite die Mail einfach weiter.
Diese Entscheidung hebt meine Stimmung ein wenig an.

Und wenn die Mail nicht ernst genommen und überhaupt nichts unternommen wird?

Dieses Dreckszeug wird auch in *deinen* Fluss fließen, meint Rebekka.
Sie sitzt auf dem Beifahrersitz und zündet sich eine Selbstgedrehte an.
Du weißt, dass ich es hasse, wenn du im Auto rauchst, erwidere ich.
Willst du wirklich zulassen, dass dieses Dreckszeug in deinem Fluss landet?, fragt sie und nimmt den ersten Zug.

Mit zusammengekniffenen Augen versuche ich den Qualm wegzuwedeln.
Als ich wieder zu ihr hinüberblicke ist sie verschwunden.
Gut so, denke ich und schalte den CD Spieler an.
Eine CD mit Folk Songs der 60er Jahre.
Rebekka hat diese Musik geliebt.

Botschaft, Meinung, Anprangerungen.
Kritisch, politisch musste es sein.
Wenn es nicht gleich die ganze Welt verändern wollte, war es ihr zu seicht, zu brav, zu angepasst.
Solche Kunst taugt zum Abwaschen, meinte sie, zum Zeitvertreib, sonst ist sie nutzlos.

In einer kurzen Erinnerung sehe ich sie, zum Fenster hinaus qualmend, auf dem Sims sitzen und referieren.

Das ganze Haus riecht trotzdem nach dem Joint, den sie gerade raucht.
Aus den Lautsprechern dröhnen die Songs.
Selbst ich hätte bei den Meisten schon mitsingen können, so oft spielte sie das Ding ab.

Von der Fahrt bekomme ich nur wenig mit.
Grübelnd sinke ich im Fahrersitz zusammen.
Die Felder zu beiden Seiten fliegen wie hellbraune Schatten an mir vorbei.
Fliehendes Ocker.
Nicht einmal die vorüberflitzenden und Spalier stehenden Pappeln der endlosen Allee erringen meine Aufmerksamkeit, wie sonst.

Als ich einige Zeit später den Stich zu meinem Haus entlangfahre und mich frage, wie ich hierher gekommen bin, beschleicht mich ein eigentümliches Gefühl.
Etwas stimmt hier nicht.

Ich bleibe in einiger Entfernung stehen und schalte die Musik aus.
Horche. Spähe umher.
Versuche, die Veränderung zu erspüren. Jedoch erfolglos.
Also stelle ich den Wagen ab und gehe langsam und bedächtig zum Haus.

Dann entdecke ich es!

Eines der stirnseitigen Fenster ist eingeschlagen.
Scherben liegen auf dem Boden.
Eine Ewigkeit stehe ich mit rasendem Puls vor der Türe und versuche, irgendwelche Geräusche im Haus wahrzunehmen.

Doch nichts. Es ist still.

Bis auf das Rauschen in meinen Ohren.

Mit zittrigen Händen schließe ich die Türe auf und gehe vorsichtig hinein.
Noch im Türrahmen halte ich erneut inne und horche wieder, verkrampft vor Anspannung.
Aber alles was ich höre, ist nur mein eigener, lauter Atem.

Auch im Haus liegen Scherben auf dem Boden.
Sie sind bis zur Couch geflogen und liegen verstreut auf dem Teppich.
Sogar auf dem Wohnzimmertisch und dem Sideboard.
Es sieht schlimm aus. Diese Schweine!

Auf alles gefasst gehe ich langsam weiter.
Schritt für Schritt.
Öffne Türen und spähe hinein.
Zimmer für Zimmer.

Mit schweißnassen Händen und pochendem Herzen hocke ich gut eine Viertelstunde später im Badezimmer auf dem Fußboden, erschöpft an die Wanne gelehnt.
Es ist niemand mehr im Haus.
Ich hätte kämpfen müssen.
Wer weiß, wie es ausgegangen wäre.

Ich spüre, wie Wut in mir aufkommt.
Hass.
Eine tiefe Traurigkeit.
Und Angst.
Alles zusammen.

Die Angst schnürt mir die Kehle zu.
Wie ein Gift kriecht sie herauf, ich kann nichts dagegen tun.
Auf den kalten Fliesen sinke ich vollends und völlig verzweifelt zusammen.

In meinem ganzen Leben wurde noch nie bei mir eingebrochen.
Und ich habe in Gegenden gewohnt, wo es wirklich besser gepasst hätte.
In Brooklyn Heights oder Peckham.
Aber hier...

Du musst die Polizei rufen!

Erschrocken wende ich mich um.
Rebekka steht im Türrahmen, barfuß, und blickt mich auffordernd an.
Ihre Zehennägel sind hellblau lackiert.

Keine Polizei, entgegne ich.
Warum nicht?
Keine Polizei!
Du bist ein Querkopf, meint sie, wenn du wenigstens radikal wärst.
Ich will keine Helfershelfer des Systems in meinem Haus, erwidere ich.
Sie verdreht gespielt die Augen.

Einen kurzen Moment senke ich den Blick, und als ich wieder zur Türe schaue, ist sie verschwunden.
Du drehst wirklich langsam durch, sage ich zu mir selbst.

WER, verdammt, wer bricht bei mir ein?
Und warum?

Ich greife mit einer Hand nach dem Waschbecken, aber nicht zu sehr, das alte Ding hängt schon ein kleines bisschen aus der Wand, und mit der anderen stütze ich mich am Badewannenrand ab, als ich mich mühsam aufrapple.
Das jahrelange Schwimmen im kalten Wasser hat meine Gelenke angegriffen.

Ich gehe noch einmal durch alle Zimmer und prüfe, ob etwas gestohlen wurde.
Ziehe sämtliche Schubladen auf, öffne alle Schranktüren.
Alles wie immer.
Sogar die Geldscheine in einer von Rebekkas handbemalten Tassen sind noch da.
Sie steht unberührt an ihrem Platz im Küchenschrank.

Alte Ordner und Unterlagen stehen und liegen ebenfalls unberührt und verstaubt wie seit eh und je im Wohnzimmerschrank.
Was soll das?
Hat sich hier jemand einen üblen Scherz erlaubt und mir nur das Fenster eingeschlagen?
Aufgewühlt und wütend schaue ich mich um.

Die E-Mail kommt mir in den Sinn.
Ob *sie* damit zu tun hat?
Vielleicht kann ich doch den Absender herausfinden.
Ich gehe zum Schreibtisch und ziehe die Laptop-Schublade heraus.

Sie ist leer!

Nicht mein Laptop!
Alles ist darauf. Alles!

Auch das kleine Schreibtischfach mit den USB-Sticks ist leergeräumt.
Kein einziger ist mehr da.
Ich sinke auf den Schreibtischstuhl.
Es ist, als ob mein ganzes Leben zerfällt.

Warum?
Ich schreibe längst keine Artikel mehr, erst recht keine investigativen.

Und der alte Kram interessiert doch keinen mehr.
Aber diese alte Kiste hat alles für mich zusammen gehalten,
alle Stationen meines Lebens.
Und unseres Lebens.

Meine Augen füllen sich mit Tränen.

Was hat das alles zu bedeuten?
Ist es doch wegen der E-Mail?

Als ich allmählich aus meiner Schockstarre erwache, hängt
über dem Flusstal die Dämmerung. Ich wundere mich, wie
lange ich einfach so dagesessen habe.
Leer und gedankenlos. Apathisch.

Mir ist schlecht.
Schweiß steht mir auf der Stirn. Mein Atem ist flach.
Ich blicke mich hilflos um.

Dies hier war mein Zuhause. Meine Zuflucht.
Hier fühlte ich mich behütet.
Jetzt ist es wie entweiht.

Mein Gefühl von Geborgenheit ist weg, verschwunden.
Wurde gewaltsam zerstört.

Sie haben nicht nur mein Fenster zerbrochen und sind in
mein Haus eingedrungen, sie sind auch gewaltsam in mich
eingebrochen.
Ich kann nicht hier bleiben.
Es ist kein sicherer Ort mehr.

Das kaputte Fenster klafft wie eine offene Wunde in der
Wand.
So kann es nicht bleiben.

Mir fällt ein, dass es im Besenschrank noch eine Plane geben muss.
Wenigstens abdecken sollte ich es.
Einen Glaser werde ich später herbestellen. Dafür habe ich jetzt keine Zeit.

Morgen ... oder übermorgen vielleicht, je nachdem, wie lange mein Vorhaben andauert.
Ich krame ein paar persönliche Unterlagen zusammen, eine Handvoll CDs und das einzige Foto-Album, das ich besitze, und lege alles in die Reisetasche.
Den Rest packe ich morgen.

Über dem Fluss breiten sich nächtliche Schatten aus.
Dünne Nebelschwaden hängen wie graues Gespensterhaar in den Uferweiden.

Eine Kühle steigt herauf. Mit ihr ein modriger Geruch.

Wer bricht bei mir ein?, frage ich mich erneut, als ich mich angezogen und mit Schuhen aufs Bett lege. In der Hoffnung auf ein wenig Schlaf.

Mit Schuhen aufs Bett. Wenn das Rebekka sehen würde ...

*September*

**D**er Wecker klingelt.

So ein oldschool Ding, das tatsächlich noch rappelt und vom Nachttisch fällt, wenn man nicht schnell genug danach greift.
Mit einem sanften Faustschlag sorge ich für Ruhe und sinke zurück ins Kissen.

Ich versuche mich an meinen Traum zu erinnern ...
Ich kam von meiner Flussfahrt nach Hause und das Haus stand in Flammen.
Sie schlugen schon aus den zerborstenen Fenstern nach draußen.
Das Feuer tobte und lärmte.

Ich rannte hustend hinein, um meinen Laptop zu retten, um mich herum Hitze und Flammen.
Als ich nach ihm griff, verglühten meine Hände und zerschmolzen mit ihm zu einem Klumpen feuerroter Glut.

Hoffentlich habe ich den Wecker nicht kaputt gemacht.
Niemals in meinem Leben würde ich mich auf ein Handy verlassen.
Weder als Wecker noch um Musik zu hören oder um Fotos damit zu schießen.
Die wenigen Fotos, die es von Rebekka gibt, sind mit einem Fotoapparat geschossen.

Viele gibt es ohnehin nicht davon. Ich fotografiere so gut wie nie.
Mein Gedächtnis fotografiert.
Was es wieder verliert, war es nicht wert behalten zu werden.
So habe ich das schon mein ganzes Leben gehandhabt.
Natürlich gibt es eine Grauzone.

Aber das spielt keine allzu große Rolle, man muss es in Kauf nehmen.

Keine einzige Fotografie dieser Welt zeigt das, was wir gesehen haben und festhalten wollen.
Unsere Augen sehen alles. 360 Grad, rundum, einfach alles.
Und unsere Seele fotografiert mit.
Immer.
Das ist der Punkt, darum geht es.
Und was sie wieder verliert ... aber das sagte ich ja schon.

Die Fotografie stellt immer nur einen Ausschnitt des Ganzen dar, ein Detail.
Niemals auch nur annähernd das Ganze. Und es geht ums Ganze.
Es geht immer ums Ganze.
Die einzige Form der Fotografie von Bedeutung ist die Kriegsfotografie.
Jedenfalls ist das meine Meinung.

Fotografen sind Archivare, nicht mehr, aber auch nicht weniger.
Und es gibt eben gute und weniger gute.
Manche unter ihnen wollen Künstler sein, weil es zum Malen nicht gereicht hat.
Und wenn sie Glück haben, sieht die Welt sie sogar als solche.

Kriegsfotografien hingegen sind „Beweise".
Wie auch jene Fotos, die Umweltzerstörungen belegen.
Zeugnisse für menschliches Handeln.
Sie sind außerordentlich wichtig.

Ohne sie käme der Schrecken der Zerstörung und des Krieges nicht zu uns.
Nicht in unsere Wohnzimmer. Nicht in unsere Köpfe.

Und nicht in unsere Herzen. Sofern wir es zulassen.
Und das muss er.
Wenn er etwas bewirken soll.

Ohne die Zeugnisse unserer Verfehlungen, unserer Verbrechen und Grausamkeiten, gibt es kaum Läuterung und keinen Wandel in uns.
Sie sind Spiegel.
Rebekka hat oft über diesen pathetischen Zug an mir gelächelt.

Heute Nacht habe ich mich entschlossen, nach den Fässern zu tauchen.
Der Einbruch ... der Diebstahl meines Laptops ...
Man hat mir den Krieg erklärt.
Das ist mir klar geworden. Ich hätte es gleich so sehen müssen.

Während ich Proviant und Kleidung zu den anderen Dingen in die Reisetasche stopfe, muss ich an den Tag denken, als Rebekka nach Griechenland aufgebrochen war.
Zu ihrer letzten Reise.

Ich habe sie zum Flughafen gefahren.
Dann saßen wir im Wartebereich des Terminals und warteten auf den Aufruf ihres Fluges.
Ich hielt ihre Hand.
Es war nicht etwa so, dass wir *uns* an den Händen hielten.
Oder *sie* meine Hand hielt.

Nein, *ich* hielt *ihre* Hand.
Und ich hätte mir gewünscht, dass Rebekka ein wenig mehr Druck aufbringt.
Wirklich nach mir greift.
Nur so viel, dass ich das Gefühl gehabt hätte, sie nehme auch mich bei der Hand.

Nach einer Weile löste ich mich von ihr und fragte sie (vielleicht ein wenig herausfordernd) warum sie das jetzt tun würde, gerade *dorthin* fliegen.
Sie blickte mich nachdenklich an.

Weil ich am Ende des Tages nicht das Gefühl haben möchte, diesen Tag nur für mich gelebt zu haben, zu meiner Erbauung, zu meiner Unterhaltung, zu meinem Vergnügen. Denn das wäre ein verschwendeter Tag. Das würde mich unendlich traurig und auch wütend machen, gab sie mir zur Antwort.
Tun wir das nicht fast alle, mehr oder weniger, erwiderte ich.
Das ist es ja, sagte sie.
Aber es ist menschlich, Bekka, was erwartest du?

Ich erwarte es von *mir*, verstehst du? Was meine Mitmenschen betrifft, habe ich nur noch Hoffnungen, keine Erwartungen mehr. Aber wenn nicht endlich mehr Menschen den Sinn des Handelns begreifen und ihre Hintern bewegen, dann ist es zu spät. Und das macht mich so verzweifelt und wütend.

Und so rastlos, warf ich ein.
Meinetwegen, bemerkte sie tonlos.

Daraufhin schwiegen wir eine Weile.
Ich starrte auf die elektronische Anzeigetafel und mir wurde klar, dass ich an keines der verschiedenen Flugziele hätte reisen wollen, die dort aufgeführt wurden.
Ich war genau richtig dort wo ich war.

Warum bist du getaucht?, fragte Rebekka plötzlich.
Ich schaute sie stirnrunzelnd an.
Sie hob noch immer fragend die Augenbrauen.
Keine Ahnung, antwortete ich.

Das ist eine dumme Antwort, die lasse ich nicht gelten, erwiderte sie, du hast mehr drauf. Also, komm schon.
Was weiß ich, Rebekka, legte ich schlechtgelaunt los, weißt *du* immer genau, warum du etwas tust?
Das will ich hoffen, meinte sie, also, hattest du etwas Sinnvolles im Sinn damit oder war es nur pure Abenteuerlust?

Ich blickte sie gereizt an.

Na, weißt du, hob sie an, die einen tauchen, die andern klettern auf die höchsten Berge, springen an Seilen von Brücken, lassen sich von rasenden Motorbooten übers Wasser ziehen, jagen wilde Tiere in Reservaten, um sie zu töten. Andere wiederum lassen sich an irgendwelche Sehenswürdigkeiten kutschieren und glauben dann, sie hätten die Welt gesehen. Und das alles immer nur für sich selbst. Also?
Ich kehrte ihr den Rücken zu, starrte bewusst zu Boden und hatte keine Lust ihr zu antworten.

Eine halbe Stunde später sah ich dem Flugzeug nach, in dem sie saß und wieder für viele Wochen verschwinden sollte.
Und ich bereute zutiefst, dass wir uns im Streit getrennt hatten.

Ich überprüfe noch einmal den Inhalt meiner Tasche, gehe alles durch.
Das muss reichen, sage ich mir. Wenn ich es in zwei Tagen nicht schaffe, die Fässer zu finden, dann bin ich nicht mehr der Richtige für diesen Job.

Das Wetter hat in der Nacht umgeschlagen.
Der Himmel hängt tief und bleiern über dem Land.

Dieselben Felder, an denen ich wieder entlang fahre, wirken heute aschgrau.

Und näher als sonst.
Der Fluss ist ein schieferfarbenes Band durch matte Wiesen.
Keine Möwen am Himmel.
Nur die unermüdlichen schwarzen Krähen ziehen ihre Kreise.

Es nieselt.

Als ich in Küstennähe komme, nimmt der Regen zu.
Er trifft seitlich auf meine Windschutzscheibe.
Böiger Ostwind weht.
Ich muss den Scheibenwischer schneller stellen.

Ich wundere mich, dass ich keinerlei Aufregung verspüre.
Nicht die geringste Nervosität. Ich bin die Ruhe selbst.
Als hätte ich etwas zur Beruhigung eingenommen.

Ich müsste doch schwitzen. Mein Atem müsste flach sein,
und schnell.
Mein Herz müsste rasen. Wie sonst auch.
Ich war ein Adrenalin-Junkie.
Als Journalist war es nicht anders.
Es mussten immer die großen Stories sein, nach denen ich
jagte.
Haifische, keine Guppys.

Mittlerweile schüttet es wie aus Kübeln.

Als ich ankomme, liegt das Bootshaus in verregnetem Grau.
Die Bucht wirkt klein und dröge.
Die Vogelinsel scheint weggerückt.
Ein winziges Eiland hinter Regenschleiern.

Heftige Winde treiben Regenvorhänge von Ost nach West.
Sie werden in Wellenbewegungen über das Meer getrieben.

Ich nehme meine Tasche aus dem Kofferraum und beeile mich ins Haus zu kommen.
Wenige Augenblicke nur und ich bin klatschnass.

Nachdem ich eilig den Proviant verstaut habe, ziehe ich die nassen Klamotten aus, trockne mich ab und schlüpfe in meinen Jogginganzug.
Kurze Zeit später stehe ich mit einem von Rebekkas dampfenden Kräutertees an der gläsernen Verandatüre und schaue nach draußen.

Der Geruch des Tees erfüllt den Raum.

Regen peitscht gegen das Glas. Fließt in dicken Rinnsalen hinab.
Gut, ein Dach über dem Kopf zu haben und trockene vier Wände, denke ich.
Ein Segen, wenn man so will.

Ich bin stolz auf dich, höre ich plötzlich Rebekkas Stimme hinter mir.

Wieder liegt sie auf dem Sofa mit überschlagenen Beinen.
Dieses Mal sind ihre Zehennägel gelb lackiert.
Manchmal hatte sie im Sommer diese Farbe aufgetragen.
Sie trägt graue Shorts und einen viel zu großen malvenfarbenen Pulli.
Ich starre auf ihre Beine. Auf ihre Waden.

Du bist lange nicht mehr getaucht, es wird nicht einfach werden, sagt sie und blickt lächelnd und ein wenig besorgt zu mir herüber.
Ich werde es schaffen, ich werde diese Fässer finden, entgegne ich.
Ich will nur, dass du auf dich aufpasst, wirst du das?

Hab ich das nicht immer, antworte ich lächelnd und warte auf eine stichelnde Erwiderung.

Aber als ich wieder zu ihr hinüberblicke, ist sie verschwunden.
Enttäuscht nehme ich einen Schluck Tee und merke, er ist lau geworden.
Sein Duft im Raum ist ebenfalls verschwunden.
Ärgerlich gehe ich zum Ausguss und schütte ihn hinein.

Ich vermisse dich, Rebekka, sage ich laut.
Keine Antwort. Das Sofa bleibt leer.
Natürlich, du Idiot, glaubst du wirklich, du kannst mit Toten reden und sie herbeirufen, wann immer es dir gerade passt!

Die Stunden verstreichen zäh.

Niemand weiß, dass ich hier bin. Mein Handy liegt Zuhause.
Im Bootshaus gibt es kein Internet.
Das ist gut so.
Ich starre vom Korbsessel aus durch die noch immer vom Regen verwaschenen Fenster.
Das Meer ist aufgewühlt.

Ich bin es auch.

Dunkelgrau, fast opal, wirft es sich auf, türmt sich zu hohen Wellen.
Bis weit in die Bucht hinein dringt das Wasser.
Das Schilfgras liegt plattgedrückt da.
Der steinige Strand verschwindet immer wieder unter den Wellen, die rhythmisch hereinbrechen.

Der Himmel ist zu einer schwarzen Front aus unheilvollen Sturmwolken geworden.

Wer jetzt noch irgendwo dort draußen ist, der braucht schon sehr viel Glück.
Oder Bewahrung.
In jedem Falle aber Mut.

Das Bootshaus ächzt unter den Sturmwinden.
Bis an das Haus hat das hereinbrechende Wasser noch nie gereicht.
Bis jetzt!
Ich gehe nervös umher.
Wenn der Sturm eine Schlechtwetterfront bringen sollte, wird es nichts mit meinem Tauchgang.

Zurück zu gehen kommt allerdings nicht in Frage.
Ich gehe nicht wieder in mein Haus, solange die Sache mit dem Einbruch nicht geklärt ist.
Das jedoch werde ich erst tun können, wenn ich die Fässer gefunden habe.
Ansonsten wird die Polizei die Angelegenheit vermutlich nicht ernst genug nehmen.

Am frühen Nachmittag legt sich der Sturm.

Von Westen her klart es auf.
Zuerst nur ein dünner Streifen, parallel zur Horizontlinie.
Allmählich aber auswachsend, die dunklen Wolkenmassen nach und nach zerfleddernd.

Bis der Himmel ganz aufreißt.
Und das Meer mit silberhellen, leuchtenden Flecken sprenkelt.

Septemberhimmel.

Ein gutes Zeichen, sage ich mir.

# Das Meer

**E**ine Stunde später begleitet mich das wohlbekannte Knattern des Außenbordmotors meiner *Möwe* Richtung Vogelinsel.

Erst jetzt spüre ich, wie sehr ich es vermisst habe.
Diesen Ton.
Diesen Rhythmus.

Es ist ein seltsames Gefühl, wieder auf dem Meer zu sein.
In meinem Boot.
Dem Wind ausgesetzt.

Die Gischt benetzt mein Gesicht.
Ich lecke mir über die Lippen und schmecke das Salz.
Herrlich.
Viel zu lange war ich nicht mehr hier draußen.
Es kommt mir wie eine Ewigkeit vor.

Ich steuere mitten durch die Lichtteppiche hindurch.
Doch ehe ich die Sonnenwärme in mir aufnehmen kann, fahre ich schon wieder in das nächste Schattengebiet hinein.
Dieses Hell- und Dunkelspiel begleitet mich auf meiner Fahrt.

Mein Tauchanzug kneift an manchen Stellen.
Auch die Tarierweste sitzt ziemlich eng.
Ich habe zugelegt.

Meine komplette Ausrüstung liegt vor mir im Boot.
Und bei dem Gedanken gleich zu tauchen, wird mir ein wenig übel.
Aber vielleicht ist auch nur der starke Seegang Schuld daran.

Kräftiger, kühler Westwind weht mir entgegen.
Ich frage mich, ob er neuen Regen bringt.
Angespannt starre ich auf den schmalen Bug, der immer
wieder wie im Takt aufs Wasser klatscht.
Wie er geradezu über das grünstahlige Wasser reitet.

Ich beobachte, wie die *Möwe* das Wasser teilt und betrachte
die an Back- und Steuerbord davonfließenden wellenförmi-
gen Linien, die sich auflösen und verlieren.
Doch vorne am Bug entstehen schon wieder neue.
Immer und immer wieder ...

Fast eine Art Meditation.
Das war es schon früher, in meiner Kindheit.
Nur konnte ich es da noch nicht benennen.

Als ich mich der Vogelinsel nähere, schreckt die Möwen-
schar lärmend auf.
Sie erhebt sich in einer tumultartigen Aufregung und fliegt
direkt über mich hinweg.
Kreischend und mit aufgerissenen Schnäbeln.

Hitchcock lässt grüßen, denke ich und ziehe den Kopf ein.
Ich spüre ihren Flügelschlag unmittelbar über mir.
Einige dicke Kotkleckse landen im Boot und auf der Ausrüs-
tung.
Ich selbst werde zum Glück nicht getroffen.
Vielleicht ein gutes Zeichen, schmunzle ich.

Unweit der Insel ankere ich.

Mit nervösen und umständlichen Handgriffen bereite ich alles für den Tauchgang vor.
Streife mir die Kopfhaube über, die Füßlinge und die Flossen.

Checke noch einmal den Atemregler und spüre, dass mein Atem schneller wird und flach.

Du musst ruhig werden, hörst du, konzentriere dich auf deine Aufgabe, denk an dein Vorhaben, höre ich Rebekka sagen.

Sie sitzt in einem olivgrünen Regencape, in kurzer Hose und barfuß auf der kleinen Pritsche am Bug und blickt mich ermutigend, aber auch ein wenig tadelnd an.
Die Kapuze des Capes umrahmt ihr Gesicht. Ein paar Haarsträhnen lugen seitlich heraus.
Ihre Füße und Zehen sind blass, wirken ein wenig durchsichtig.
Wie immer, wenn sie friert.

Damals am Great Blue Hole, beginne ich.
Vergiss es, das ist lange her, fällt sie mir ins Wort, du musst das jetzt hier machen, du musst gegen die alten Geister kämpfen.
Obwohl es kühl, fast kalt ist, spüre ich wie der Schweiß an meinem Rücken hinabläuft.

Warum haben wir keine Kinder, Bekka, frage ich sie unvermittelt.
Sie wirft mir einen völlig entgeisterten Blick zu.
Was soll das jetzt?, fragt sie gereizt.
Nun sag schon, ich will es wissen!
Du weißt, warum wir keine hatten, antwortet sie.
Das ist kein Grund.

Und ob das ein Grund ist, erwidert sie, du hast dich einverstanden erklärt.
Ja, das habe ich, aber ich habe es nie akzeptiert.

Lass uns später darüber reden, sagt sie, du hast einen Job zu erledigen, das hier ist nicht das Great Blue Hole, hörst du. Du schaffst es.

Als ich etwas erwidern will, ist sie nicht mehr da.

Ja, geh nur, brumme ich, immer im falschen Moment abhauen, das kannst du!
Aber sie hat Recht, ich muss es tun, ich muss da hinunter und Klarheit bekommen.
Und ich muss Ruhe bewahren. Umso mehr, da ich von Minute zu Minute aufgebrachter werde.
Panisch fast.
Fokussiere dich!, schelte ich mich.

Ich könnte dies alles hier abblasen, Bekka, einfach sein lassen!, rufe ich gegen den Wind.

Sollen meinetwegen die Fässer dort unten verrotten, sage ich mir. Auf ein paar mehr oder weniger kommt es nun auch nicht mehr an. Und jedes Jahr kommen weitere fünfzehn Millionen Tonnen Plastikmüll dazu. Die Meere sind die größten Müllhalden auf dem Planeten. Warum soll ich nach 17 Fässern Atommüll tauchen?

Und mich dort unten womöglich noch kontaminieren.
Wofür das alles?

Lass mich in Ruhe, Bekka, brülle ich, hörst du!
Aber sie ist nicht da, ich bin alleine im Boot.
Mutterseelenallein.

Sei kein Feigling, sagt die Stimme in meinem Kopf, weggerannt bist du lange genug. Hast dich verkrochen, dich versteckt, ein bisschen Müll gesammelt an deinem Fluss.
*Dein* Fluss? *Deine* Aue? *Deine* Küste? *Dein* Meer?

Alles *dein*?

Die Stimme wird lauter.

Ist es nicht so? Ist es nicht *deine* Welt, auf der du lebst? Dein Planet. Deine Erde. Schütze sie! Beute sie nicht aus! Verrate sie nicht. Gib ihr zurück, was du im Übermaß erhalten hast. Wenigstens ein bisschen davon. Respektiere sie. Rette sie!, brüllt die Stimme mich an.
Hau ab!, schnauze ich zurück.

Der Wind ist stärker geworden.
Wellen schlagen gegen die Bootswände.
Ich muss mich festhalten.

Es gibt kein Zurück, dies ist meine Verantwortung.
Ich muss handeln.

JETZT!

# Die Tiefe

**E**s ist vertraut. Und auch nicht.

Ich muss ein altes Gefühl abschütteln. Eine Enge. Etwas Klaustrophobisches.
Und wieder das Gefühl von verzehrender Angst.
Von Panik.

Verpiss dich endlich!

Oft hat es geholfen, wenn ich mit der Angst gesprochen oder wenn ich sie beschimpft oder beleidigt habe. Jedenfalls hatte ich den Eindruck.
Eine Zeitlang habe ich mir sogar überlegt, ihr einen Namen zu geben.

Doch Rebekka hatte mich davor gewarnt und schließlich überzeugt, es nicht zu tun.
Der eigenen Angst gäbe man keinen Namen.
Angst müsse man auf Distanz halten. Wie einen Feind oder eine Feindin.
Namen erzeugen Vertrauen und Nähe.

Ich spüre die schiere Schwerelosigkeit.
Und die Stille.
Nehme sie überdeutlich wahr. Sie umgibt mich, hüllt mich ein.
Man kann sie beinahe greifen.

Nein, nicht beinahe – ich *kann* sie greifen.
Sie ist etwas Lebendiges. Existenzielles.
Sie ist räumlich. Ein Ort.
Sie ist ein Wesen.
Die Stille ist etwas, das atmet.

Ich spüre mein Herz schlagen, als ob es gegen den Rippen-
bogen pocht.
Ich muss tiefer gehen.
Der Druckausgleich!
Warum tue ich mich so schwer damit?
Was ist los mit mir?

Etwas stimmt nicht.

Obwohl ich den Atemregler extra noch einmal gecheckt habe.
Außerdem kann ich kaum etwas sehen. Und in meinen Ohren schmerzt es.
Einen Moment lang glaube ich in einem lautlosen Raum ein-
gesperrt zu sein, dessen Wände unaufhörlich näher rücken.

Warum schwimmen eigentlich keine Fische herum?
Verdammt. Tiefer ... ich muss tiefer gehen!
Ich wehre mich nicht mehr.

Das Blei in meiner Weste tut sein Übriges.
Ich sinke.
Druckausgleich!
Schon wieder dieser Schmerz in den Ohren ...

Ist dort etwa schon der Graben?

Es sind keine Fässer zu sehen.
Aber wie sollte ich sie auch entdecken aus dieser Entfernung, hinter dieser alten Tauchmaske.
Nein, das kann nicht sein, der Graben muss viel tiefer liegen.

Du bist ein Versager, schimpfe ich mich, du wirst das nie
hinbekommen. Deine Aktion hier ist ein beschissenes An-

fängerding. Verzieh dich zurück an deinen Fluss, sammle lieber *dort* den Müll ein.

Ich kann keinen klaren Gedanken mehr fassen.
Der Lichtschein meiner Lampe ist nichts als ein blindes Licht hier unten.
Ich werde mich verirren.
Ja, nichts als ein blindes Licht. Wie ich selbst übrigens auch.
Egal, ob hier unten oder dort oben.

Ich halte mich für einen Lichtstrahl, weil ich mir einrede, etwas für den Planeten zu tun.
Weil ich jeden Tag Müll an einem Fluss sammle.
Vielleicht mache ich das nur für mich selbst und nicht für die Welt.
Nur für mich selbst, um mich nicht unbedeutend zu fühlen.
Der alte Kampf gegen die Bedeutungslosigkeit.

Ja, vielleicht mache ich das alles nur für mich selbst.

Plötzlich nehme ich ein Geräusch wahr.
Vermutlich den Motor eines Schiffes. Nicht weit entfernt.
Es kommt näher.
Ich knipse reflexartig meine Stirnlampe an.

Ein Schiff kreist um mein Boot.
Ist es die Küstenwache?
Nein, das Schiff ist kleiner.

Jetzt hält es neben meinem Boot, dockt ein wenig an.
Was geht da oben vor?

Noch bevor ich einen Entschluss fassen kann, heult der Motor des Schiffes auf und fährt wieder davon.
Ich warte noch einige Augenblicke.
Als es ruhig bleibt, tauche ich mit rasendem Puls auf.

Viel zu schnell und viel zu unkontrolliert.

Ein quälender Schmerz dehnt meine Lunge.
In meinen Ohren wird ein dumpfes Dröhnen laut.
Wie tief war ich eigentlich?

Ich habe völlig mein Gespür dafür verloren.
Schwimme panisch dem Licht entgegen.
Diese Augenblicke habe ich früher immer geliebt und genossen.
Jetzt will ich nur noch nach oben, und nichts wie weg!

Keuchend klettere ich in mein Boot.
Lichte schwer atmend den Anker und fahre zurück.
Gerade mal Maske, Flossen und die Flasche streife ich hektisch ab.
Ich will zurück an Land.
Dort bin ich beweglicher als hier in dieser kleinen Nussschale auf dem Meer.

Wenn das eben nicht nur irgendwelche Neugierigen waren, brauche ich einen Plan.
Einen sehr guten Plan sogar.

Was soll ich tun? Was?, brülle ich in den Fahrtwind.

Doch die Pritsche am Bug bleibt leer.

# Das Bootshaus

Das Backhaus

Die Küste kommt näher. Die Bucht.

Im grünen Schilfgürtel taucht das Bootshaus auf.
Wie eine gerahmte Hoffnung aus Holz und Erinnerung.

Ich liebe das venezianische Rot des Hauses und die orange-farbenen Fensterläden.
Rebekka und ich haben sie selbst gestrichen.
Im schönsten Sommer, den wir zusammen hatten.
Der Sommer unseres Lebens, hatte sie lächelnd gesagt.

Das Bootshaus ... meine Zuflucht.

Als ob allein der Anblick genügt, mir einen Hauch von Si-cherheit zu vermitteln.
Dieses Alles-wird-gut-Ding. Der letzte Strohhalm.
Diese scheinbar nie auszurottende letzte Hoffnung.
Aber ist es denn eine?
Kann es überhaupt noch eine sein?

Und – Zuflucht wovor?
Wie auch immer, ich bin froh, als ich ankomme, den Motor abstellen und die Bootsgarage verschließen kann.
Ums Haus ist zum Glück alles unverändert.

Ich spähe durch die Verandatüre hinein. Nichts deutet auf einen Einbruch hin.
Der Raum wirkt verwaist.
So viel Leben und Liebe gab es dort drinnen.
Ein kühler Hauch streift meinen Nacken.

Jetzt empfinde ich nur Leere und Einsamkeit.
Und Angst vor einer unbekannten Bedrohung.
Selbst die Hoffnung scheint in diesem Augenblick ver-schwunden.

Auch hier werde ich vermutlich nicht sicher sein.

Ich trete ein und schließe sofort wieder hinter mir zu.
Schlüpfe mühsam aus dem Tauchanzug, lasse ihn zusammengeknüllt auf dem Boden liegen.
Ich sollte ihn zum Trocknen aufhängen, aber mir fehlt die
Kraft dazu.
Der Rest der Ausrüstung liegt noch im Boot.

Was war da draußen los?
Mit zittrigen Händen brühe ich mir einen von Rebekkas
Tees auf und sinke mutlos in den Sessel beim Fenster.
Du darfst jetzt nicht aufgeben, höre ich Rebekkas Stimme.

Ich verbrühe mir fast die Lippen vor Schreck.
Sie sitzt im Schneidersitz auf dem Sofa und hat ihren fliederfarbenen Pulli über die Knie gezogen.
Lass mich in Ruhe damit, Bekka!
Ihre linke Augenbraue hebt sich.
Willst du aufgeben?

Du sollst mich damit in Ruhe lassen, habe ich gesagt.
Du weißt nicht, was das zu bedeuten hat, es kann Zufall gewesen sein, meint sie.
Zufall? Das glaubst du doch selbst nicht! Die Nachricht, der
Einbruch, jetzt das.
Sie beugt sich ein wenig nach vorne: Nur ein Schiff über dir
… ich bitte dich.

Lass mich in Ruhe, Bekka!
Du bist so nah dran, du darfst jetzt nicht aufgeben, du musst
das jetzt machen.
DU SOLLST MICH ENDLICH IN RUHE LASSEN!, brülle ich,
springe auf und verschütte den Tee. Verdammt, siehst du,
was du angerichtet hast!

Wütend will ich auf sie zugehen, doch sie ist verschwunden.
Gut so, denke ich, und werfe wütend die Tasse ins Spülbecken.
Sie zerspringt in drei Teile.
Mit einem Geschirrtuch versuche ich die Teepfütze auf dem Boden wegzuwischen.
Zornig wringe ich das Tuch im Waschbecken aus und werfe es anschließend zu der zertrümmerten Tasse ins Spülbecken.

Und nun?

Hier drinnen grübelnd die nächsten Stunden verbringen, ist keine angenehme Vorstellung.
Ein schrecklicher Gedanke sogar, um ehrlich zu sein.

Der Himmel ist eine bleigraue Wand.
Von irgendwoher schimmert milchiges Licht.
Alles wirkt bedrückend.
Aber vielleicht projiziere ich selbst diese Stimmung nach außen.

Wie auch immer, ich ziehe die Klamotten aus, greife mir ein Handtuch und verlasse barfuß und in Badehose das Haus.
Ich lasse die Türe offen stehen.
Der Weg über den steinigen Strand macht mir nichts aus.
Rebekka war immer fassungslos, wie schnell und schmerzlos ich über Steine gehen konnte.
Daran hat sich bis heute nichts geändert.

Ein paar Mantelmöwen, fast so groß wie Gänse, schrecken auf, als ich ans Ufer komme.
Sie kreischen und schlagen verärgert mit den dunklen Flügeln.
Ihre gelben Schnäbel reißen sie gefährlich weit auf und äugen zornig nach mir.

Wenn sie mich angreifen würden, hätte ich kaum eine Chance.
Aber sie fliegen davon.
Müssen ihren Streifzug anderswo fortführen.

Das ist meine Bucht!, rufe ich ihnen nach.

Das Wasser ist kalt.
Aber genau so liebe ich es.
Genau so reißt es mich aus Gefühlen, die mich gefangen nehmen.
Und aus gewohnten Denkweisen, alten Strukturen und Mustern.
Wenigstens für eine Weile.

Ich lasse mich forttragen.
Werde leichter mit jeder Welle.

Und je kälter das Wasser ist, umso weniger spüre ich etwas vom Leben, das ich zurücklasse.
Eine simple Gleichung. Aber es funktioniert.
Ich versuche Neues zu denken.
Lasse mich vom großen Wellengang inspirieren, gebe mich hin.

So wie jetzt.

Ich schwimme weit hinaus, sehr weit.

# *Die Flucht*

Die Flucht

**D**urchgefroren und erschöpft komme ich zurück.

Erleichtert, das Ufer zu erreichen, wieder Boden unter mir zu spüren.
Natürlich habe ich mich überschätzt.
Wie so oft.

Aber irgendein Engel hat mich bisher wohl stets beschützt.
Das hat mir meine Mutter jedenfalls immer wieder versichert.
Ob jeder Mensch einen solchen Engel hat?
Die himmlischen Heerscharen sollen ja groß genug sein ...

Nachdem ich mich angezogen, die kaputte Teetasse weggeschmissen und das völlig durchnässte Geschirrtuch zum Trocknen aufgehängt habe, mache ich mich daran, meine Sachen zusammen zu kramen.
Morgen werde ich wieder zurückfahren.
Ich werde nicht meine Gesundheit oder gar mein Leben riskieren.
Für wen oder was sollte sich so etwas lohnen?

Ich bereite mir Abendessen zu und decke den Tisch auf der Veranda.
Hier saßen Rebekka und ich stets gemeinsam, aßen und tranken, und sie erzählte mir von ihren Unternehmungen.
Von ihren Reisen. Ihren Abenteuern.
Wenn meine Eifersucht nicht zu groß und ich bereit dafür war.
Manchmal fuhren wir gemeinsam mit dem Boot hinaus.
Nicht allzu oft, wenn ich es mir recht überlege.
Die Erinnerung hält an solchen Begebenheiten fest.
Immer auch ein wenig verklärend.

Und nie weiß man, ob die andere Person in diesen Momenten oder Stunden ebenso empfindet. Man hinterfragt es nicht im eigenen Glücksmoment.
Man denkt nicht einmal daran, zu hinterfragen.
Man spürt Glück.
Und wie könnte die geliebte Person denn auch anders empfinden ...

Das Licht dieser Erinnerungen, dieser gemeinsamen Momente, strahlt weit und lange.
Und am Ende meint man, dass sie viel öfter stattgefunden haben.
Dabei waren es oft nur Ausnahmen.
Zudem erscheinen sie größer und ausnehmender in der Landschaft der Seele, als sie tatsächlich waren.

Als wir einmal im funkelnden Sonnenlicht hinausfuhren, im Sommer vor zwei oder drei Jahren, sagte sie, irgendwo weit draußen, sie könne das Meer nicht mehr genießen, habe keine Freude mehr daran. Zu viele Menschen ertränken darin, hilflos, schutzlos. Von gewissen Regierungen offenbar gewollt. Von anderen wiederum in Kauf genommen.

Ich wollte etwas entgegnen, einen dieser Allgemeinplätze loswerden, dass man doch nicht immer nur gegen das Unrecht in der Welt kämpfen könne, man müsse doch auch hin und wieder das Leben genießen, genießen *können*.
Schwieg aber stattdessen.

Ich wusste, sie hätte erwidert, dass dieser Kampf ihr Leben *sei*.
Oder etwas in dieser Art.
Danach waren wir nie mehr gemeinsam auf dem Meer.

Ich starre auf den leeren Teller. Ein Soßenrest ist angetrocknet.

Der Stuhl neben mir steht einsam und leer.
Wie lange sitze ich schon hier?

Der matte Lichtfleck am Himmel hängt dicht über dem
westlichen Horizont.
Die Zeit ist an mir vorbeigezogen.
Ich fühle mich müde und erschöpft.
Und alleine.
Aber es geht mir besser, seit ich beim Schwimmen den Ent-
schluss gefasst habe, nicht mehr nach den Fässern zu su-
chen.

Ich räume ab.
Stelle alles in die Spüle und schaue nach, ob noch eine CD
im Gerät auf dem Sideboard liegt.
Auch der CD-Spieler hat ordentlich Staub angesetzt.
Die CD, die darin liegt, ist ebenfalls völlig verstaubt.
John Dowlands *Werke für Laute*.
Ob das Gerät überhaupt noch funktioniert?
Rebekka spielte immer nur diese CD im Wechsel mit Schu-
manns *Träumereien*, wenn wir hier waren. Hier im Bootshaus durfte Musik einfach nur Musik sein.
Ich musste ihr sogar versprechen, nie etwas anderes in diesen vier Wänden erklingen zu lassen. Sie versicherte mir,
sollte ich einmal mein Versprechen brechen und irgendeine
andere Musik abspielen, würde sie nie mehr mit mir her-
kommen.

Ich habe gelacht, weil ich dachte, sie mache einen Scherz.
Doch die Ernsthaftigkeit, fast Verbissenheit, mit der sie
sprach, nahm mir das Lächeln aus dem Gesicht.
Ich schluckte erschrocken und bejahte mit einem Kopfni-
cken.

Ich blicke zum Sofa hinüber.
Es ist zum Glück leer.

Nur ein wenig dösen, denke ich, lasse den CD Spieler aus und schlurfe hinüber.

Ächzend werfe ich die bunt gemusterte Baumwolldecke über mich, die Rebekka aus Brasilien mitgebracht hatte.
Es fährt mir in den Magen. Sie riecht noch immer nach ihr.
Mit den Füßen strample ich sie wieder weg, rolle mich ein und schließe die Augen.

Ich höre auf das Meer.
Auf die leise Brandung in der Bucht.
*Das* ist Musik.
Ich spüre, wie mit den Wellen Müdigkeit herangespült wird.
Und bin dankbar, dass ich von ihr fortgetragen werde.
An die Ufer des Schlafes.

Es ist stockdunkel, als ich an einem Geräusch aufschrecke.
Wie lange habe ich geschlafen?
Verdattert richte ich mich auf.
Es ist kalt.

Da! Wieder dieses Geräusch!
Das sind Schritte.
Jemand schleicht ums Bootshaus.
Ein Tier?

Ich springe auf und verstecke mich in der winzigen Nische, in der früher der Staubsauger stand, bis er irgendwann kaputt gegangen war.
In meiner Brust spüre ich ein Brennen.

Ich schaue zur Anrichte.
Ein Messer. Ich brauche wenigstens ein Messer.
Über dem Waschbecken entdecke ich das Filetiermesser.
Aber wenn ich jetzt aus meinem Versteck komme, werde ich sicherlich entdeckt.

Ich drücke mich so fest ich kann in die Nische und schließe die Augen.
Fehlt nur noch, dass ich bete. (Obwohl mir danach ist.)
Was ist nur los mit mir, warum kann ich der Angst nichts entgegensetzen?
Die Schritte sind jetzt auf der Veranda und kommen näher.
Ich gehe in die Hocke, drücke mich noch mehr in die Nische.

Jemand steht an der Verandatüre und späht herein – ich spüre es.
Mein Herz schlägt bis zum Hals.
Und so laut, dass ich fürchte, man könne es dort draußen hören.
Die nächsten Sekunden sind eine Qual.

Mit angehaltenem Atem überlege ich, was ich tue, wenn die Glastüre eingeschlagen wird.
Ich werde kaum eine Chance haben gegen einen bewaffneten Angreifer.
Nach dem Messer greifen?
Zuerst die Person angreifen und versuchen, sie unschädlich zu machen?
Im richtigen Moment flüchten?
Was ist das Richtige?

Plötzlich höre ich oben auf dem Schotterweg das Starten eines Motors.
Ein Auto fährt los, ich höre den Kies unter den Reifen knirschen.

Eine Weile verharre ich noch so, in der Hocke, in der alten Staubsaugernische, auf irgendein Geräusch horchend.
Aber es bleibt still.
Ein stechender Schmerz fährt mir ins Knie, als ich aufstehe.
Ich greife nach dem Filetiermesser und lasse mich erschöpft in den Sessel fallen.

Ich weiß nicht wie lange ich vor mich hingegrübelt habe, als ich im Türglas mein Gesicht entdecke und meinem Blick begegne.
Ich erschrecke über die nackte Angst in meinen Augen.
Und wende den Blick wieder ab.

Draußen, über dem Meer, geht etwas vor sich.
Meine Nackenhaare sträuben sich.

Es beginnt über dem westlichen Horizont. Ein Rumoren.
Wie aus dem Nichts kommt Wind auf.
Man hört ihn durch die geschlossenen Fenster, spürt ihn.
Er fährt in die Wände.

Über dem Meer beginnt es zu donnern und zu grollen.
Grelle Blitze zucken.
Zuerst noch in der Ferne. Doch plötzlich sind sie ganz nah.
Erleuchten für Augenblicke das Meer, den Horizont, die ganze Szenerie.
In wenigen Minuten ist die See wild aufgeworfen und tobt.

Hohe Wellen schlagen gegen das Ufer.
Glitzernde Schaumkronen. Ein Wuchten und Wüten.
Als ob die ganze Welt ins Wanken gerät.
Wie schnell das alles ging. Es ist beängstigend.
Wer jetzt noch dort draußen ist, verliert sein Leben. Wird verschluckt.

Dann Regen.

Er platscht schräg gegen die Fenster, gegen das Haus.
Wird von Windböen in langen Schleiern gegen die Ufer geworfen.
Dicke Rinnsale schießen an der Verandatüre hinab.
Das Holz biegt sich und knarrt unter den Winden.
Es jammert, quietscht und ächzt.

Als würde es leiden.

Unheilvoll.

Längst bin ich aufgestanden und betrachte das Unwetter
dort draußen, den Sturm.
Ich muss hier weg, ich bin hier nicht mehr sicher!
Sie werden wieder kommen. Sie werden mich nicht in Ruhe
lassen.

Aber wohin soll ich gehen, wo mich verstecken?

Und wie lange?
Bis Gras über die Sache gewachsen ist? Welches Gras?
Sollte ich ihnen sagen, dass ich keinerlei Interesse mehr ha-
be nach diesen Fässern zu tauchen?
Soll ich einfach warten, bis sie wieder kommen und mit ih-
nen reden?
Natürlich, sie werden in aller Ruhe mit dir quatschen wie
mit einem alten Kumpel.
Ich lache kurz und bitter auf.

Sie werden wieder kommen, soviel ist klar.
Aber nicht bei diesem Sturm, sage ich mir, ich muss die Ge-
legenheit nutzen.
Noch immer zucken Blitze auf.
Erhellen für Augenblicke gespenstisch das Bootshaus, wäh-
rend ich eilig meine Sachen zusammenpacke.

# Bei den Wölfen

**I**m Schutz des Sturms, der heulenden und an den Uferweiden zerrenden Windböen, haste ich nach draußen zu meinem Wagen.

Der Regen peitscht mir entgegen.
Hat mich binnen Sekunden auf den wenigen Metern völlig durchnässt.
Ich werfe meine Reisetasche in den Fond, starte den Motor und fahre wie mit irre gewordenen Scheibenwischern auf dem schmalen Schotterstich davon.

Regelrechte Wassermassen überfluten die Windschutzscheibe.
Werden von den schwer arbeitenden Wischblättern nur mühsam zur Seite geschoben.
Ohrenbetäubend schlägt der Regen aufs Autodach.
Hoffentlich werden keine Bäume umgerissen, denn Äste fliegen schon umher.

Als ich Richtung Norden auf die Landstraße abbiege, fällt mir plötzlich ein, dass es etwa zehn oder zwölf Kilometer nördlich an der Küste entlang eine Kneipe mit Fremdenzimmern gibt.
Dort werden sie mich sicher nicht vermuten.

Die Landstraße ist streckenweise überflutet.
Der Wagen schwimmt immer wieder in meterlangen Pfützen.
In meinen Ohren hämmert und dröhnt es.
Es ist das Blut, mein eigener Puls, der mir in den Ohren rauscht.
Der Regen auf dem Autodach.
Und die hin und her jagenden Scheibenwischer, ihr schrilles Quietschen.

Die nassen Klamotten kleben an mir.
Ich befürchte, dass ich die Kontrolle über den Wagen verlieren könnte und umklammere das Lenkrad.
Natürlich, fahr dich doch zu Tode, schimpfe ich mit mir selbst, das ist doch genau das, was sie wollen! Und Du, Rebekka, brülle ich, was schlägst *du* vor?

Ich werfe einen kurzen Blick auf den Beifahrersitz, doch der ist leer.
Natürlich ist er leer, was denkst du denn, du Idiot!

Einige Kilometer nördlich lässt der Regen zum Glück nach.
Blitze leuchten nur noch im Heckfenster auf.
Der nachlassende Regen gibt die Landschaft ein wenig frei.
Ich glaube, die Gegend zu erkennen.

Dann endlich, in Küstennähe, entdecke ich die verwaschenen Lichter in den Fenstern.
Und den rot leuchtenden Schriftzug über der Eingangstüre der Gaststätte.
Und doch hätte ich beinahe die Abzweigung verpasst.
Der schmale Weg steht teilweise unter Wasser.
Das Hinweisschild, an das ich mich erinnere, ist nicht mehr da.
Vielleicht vom Sturm fortgerissen.

Als ich mich im Schritttempo dem Haus nähere, kann ich die roten Leuchtbuchstaben lesen.
„Bei den Wölfen"
Nur zwei Autos stehen auf dem kleinen Parkplatz, direkt vor dem Eingang, sodass ich etwas entfernt parken muss.
Sicher werde ich hier ein Zimmer für die Nacht bekommen.

Noch einmal durch den Regen. Ein letztes Mal an diesem Tag, hoffe ich.
Langsam öffne ich die dunkle Holztüre.

Im Innern der Kneipe flackert spärlich schummriges Licht.
Nur in den Fenstern baumeln kleine helle Lämpchen.
Eine Weile habe ich überlegt, ob ich früher schon einmal
hier gewesen bin.
Aber dem ist nicht so.

Der Gastraum ist von dunklem Gebälk durchzogen.
Vermutlich Teile von Segelmasten.
Schnüre, Taue, Segeltücher hängen von der Decke, Fischer-
netze und Schiffslaternen.
An den Wänden prangen Steuerräder und allerlei maritimer
Krimskrams.

Sehr überladen das alles.
Aber gut, es ist mein sicherer Ort für heute Nacht.
Meine Zuflucht. Und das ist mehr als ich erwarten darf.

Hinter einem voll behangenen Zeitungsständer sitzen zwei
Männer vor ihren Biergläsern.
Und an einem Fenstertisch zur Meerseite hin ein älteres
Paar.
Der Mann hält der Frau in diesem Moment ein Würstchen
vor den Mund.
Sie beißt genüsslich und lächelnd hinein.

Die Szene wirkt ein wenig anrüchig, zugleich befremdlich,
da die beiden sicherlich schon um die Siebzig sein müssen.
Aber warum auch nicht?
Warum sollte man im vorgerückten Alter nicht mit einem
solchen Vorspiel beginnen.

Eine Windböe reißt mir fast die Türe aus der Hand.
Ich versuche sie so lautlos wie möglich zu schließen, was
mir jedoch nicht gelingt.
Alle Anwesenden schauen zu mir herüber.
Mit solchen Momenten konnte ich noch nie umgehen.

Es ist mir zutiefst unangenehm.
Ich spüre, wie mir heiß wird.
Der Wirt hinter der Theke hat nichts von einem Matrosen, nicht einmal von einem gestrandeten.
Er blickt mich neugierig an.

Haben Sie ein Zimmer für mich?, frage ich leise.
Wie lange?, brummt er.
Nur für heute Nacht, erwidere ich.
Eigentlich vermieten wir ... beginnt er, doch er hält inne, scheint zu überlegen und meint: na, bei dem Wetter schickt man ja keinen Hund vor die Türe. Ist gut, meinetwegen ... *eine* Nacht.
Danke! Sie glauben gar nicht ... entgegne ich und verstumme.

Ich spüre eine Last von meinen Schultern fallen.
Der eiserne Griff um mein Herz lockert sich.

Er nimmt den Zimmerschlüssel mit der Nummer 7 vom Wandbrett und legt ihn geräuschvoll vor mich auf die Theke.
Willkommen bei den Wölfen, sagt er, bezahlen können Sie morgen. Hier raus zu den Toiletten, dann die Treppe hoch.
Er deutet auf eine schmale blaue Holztüre mit Bullauge, rechts neben der Theke.

Alles klar, lächle ich und frage, ob es noch etwas zu Essen gibt.
Die Küche ist schon kalt, antwortet er, aber ich kann Ihnen noch ein Paar heiße Würstchen mit dunklem Brot anbieten.
Das klingt ausgezeichnet, erwidere ich und nehme den Schlüssel, bin gleich zurück, muss nur die nassen Sachen loswerden.

Eine schmale mit einem zerschlissenen Teppich belegte knarrende Holztreppe führt nach oben. Der Flur ist eng und dunkel.
Eine Handvoll kitschiger Gemälde mit maritimen Szenen hängen schief an den Wänden.
Es riecht muffig.
Durch das einzige kleine Fenster am Ende des Flurs dringt der verwaschene Schein der roten Leuchtschrift.

Das Zimmer ist allenfalls eine Kammer.
Ein auch hier knarrender Holzboden, jedoch ohne Teppich.
Schlicht eingerichtet, nur das Allernötigste. Ein wenig stillos.
Lieblos, würde Rebekka wohl sagen.
Aber ich bin glücklich hier zu sein. Und dankbar.

Ich ziehe meine nassen Klamotten aus.
Lege die Hose über den einzigen Stuhl, hänge Pulli und Jacke an einem Drahtbügel an den Schrank und schlüpfe in meinen mitgebrachten Jogginganzug.
Als ich in die Gaststube zurückkomme, stelle ich erleichtert fest, dass keine weiteren Gäste gekommen sind.

Die Anwesenden nehmen dieses Mal keine Notiz von mir.
Worüber ich sehr froh bin.
Ich schaue mich nach einem Tisch um.
Weder möchte ich neben dem liebeshungrigen älteren Paar sitzen noch bei den beiden Männern am Zeitungsständer.
Nur der Stammtisch ist weit genug von allen entfernt.

Darf ich mich dorthin setzen, frage ich den Wirt und deute zu diesem Tisch.
Er blickt mich stirnrunzelnd an, überlegt einen Moment und nickt.
Als ich mich setze, verschwindet er in die Küche und kommt kurz darauf mit einem Teller zurück, auf dem die beiden

Würstchen und zwei Scheiben dunkles Brot wie achtlos hingeworfen liegen.

Was zu trinken?, fragt er.
Nein, danke.
Mostrich?
Gerne.
Wieder geht er in die Küche und kommt mit einem großen Senfglas zurück.
Polternd stellt er es vor mich hin.

Selbstbedienung, murmelt er und verschanzt sich wieder hinter der Theke.
Wo er mit irgendetwas herumhantiert.
Die Würstchen sind versalzen, aber das macht nichts, mein Hunger ist groß.
Und das Brot neutralisiert den Salzgeschmack.
Ich nehme mir einige Messerspitzen Senf aus dem Glas und streiche ihn am Tellerrand ab.

Eigentlich wäre mir Ketchup lieber gewesen, aber es schmeckt mir trotzdem.
Wie es weitergehen soll, werde ich mir später überlegen.
Erst einmal bin ich hier in Sicherheit.
Habe zu Essen, ein Dach über dem Kopf, und ein Bett für die Nacht.

Gerade als ich in das zweite Würstchen beißen will, tritt der Wirt an meinen Tisch.
Er stellt ein Glas Bier neben meinen Teller.
Ich blicke ihn fragend an.
Woraufhin er mit einem Blick zu den beiden Männern am Zeitungsständer deutet.
Beide prosten mir lächelnd zu.

Auf ein Glas!, ruft einer der beiden und winkt mich zu ihnen hinüber.

Ich proste ihnen zögerlich zu und stelle das Glas wieder ab.

Ohne Anstalten zu machen, die Einladung anzunehmen.

Nun seien Sie nicht unhöflich, ein Pläuschchen unter Seefahrern, meint der andere grinsend und winkt mich ebenfalls an ihren Tisch.

Sie können Ihr Essen ruhig mitbringen, das stört uns nicht, fügt er hinzu.

Ich überlege.

Warum nicht, sage ich mir.

Nehme meinen Teller und das Glas Bier und gehe zu ihnen.

In diesem Moment erhebt sich das ältere Paar.

Hand in Hand gehen die beiden an mir vorbei und verlassen die Gaststube durch die blaue Türe. Auch sie scheinen ein Zimmer bekommen zu haben.

Ich werfe ihnen einen kurzen schmerzlichen Blick nach.

Guten Abend, begrüßen mich die beiden Männer gleichzeitig, als ich mich zu ihnen setze.

Ich wähle einen Platz, bei dem ich den Wirt im Rücken habe.

Beide sind definitiv jünger als ich.

Einer der beiden trägt einen Ohrring mit einem Bernstein darin.

Der andere hat sich einen ungepflegten Bart stehen lassen, der jedoch recht lückenhaft über die Wangen verteilt ist, dafür aber ziemlich wild am Hals hinabwächst.

Das ist ein Wetter, was, sagt der Ohrringträger und nippt an seinem Bierglas.

Ich nicke.

Aus welchem Winkel hat Sie der Sturm angetrieben?, grinst er.

Ein paar Tage Urlaub, antworte ich und versuche so glaubhaft wie möglich zu wirken.
Mal rauskommen aus dem Hamsterrad, füge ich unsicher lächelnd hinzu.

Ich starre auf meinen Teller und frage mich, ob das Würstchen mittlerweile kalt geworden ist.
Muss auch mal sein, meint der andere achselzuckend, so wie wir auch. Sind zum Tauchen hergekommen ... aus Lübeck.
Ich schaue auf. Zum Tauchen?
Ja, Hobby Taucher ... sozusagen, meint der Bärtige, wir sind so was wie ... Schatzsucher.
Die beiden schauen sich an und nicken grinsend.

Und, schon was gefunden?, frage ich so beiläufig wie möglich.
Ach was, entgegnet der Bärtige achselzuckend, ist schon das dritte Mal, dass wir an diesem Küstenstreifen tauchen, haben aber bis jetzt nichts gefunden. Tauchen nach alten Fracks, aber nichts.

Ich überlege einen Moment.

Auch schon im Jadegraben getaucht?, frage ich in mein Glas hinein und nippe daran, um ihrem Blick nicht begegnen zu müssen.
Der Ohrringträger winkt ab.
Nichts als ein paar klobige Felsen dort unten, meint er, das lohnt die Mühe nicht, morgen packen wir zusammen und sind wieder weg.

Erleichtert stelle ich mein Glas ab.
Damit ist die Sache wohl klar.

Warum sollte ich also noch tauchen? Dort unten gibt es nichts zu finden.

Und schon gar keine Fässer mit Atommüll.

Aber warum der Einbruch? Das Boot über mir? Der Kerl am Bootshaus?

Zufälle? Oder steht alles miteinander in Verbindung?

Stelle ich die Verbindungen nur her?

Bin ich paranoid?

Ich muss mal für kleine Jungs, lächle ich entschuldigend und verlasse fast heiter den Gastraum.

Für die Sauberkeit in der Toilette scheint der Wirt selbst verantwortlich zu sein.

Oder aber seine Putzhilfe nimmt ihren Job nicht all zu ernst.

Der Geruch des einzigen Urinals ist ekelhaft.

Als ich die Gaststube wieder betrete, trifft mich ein imaginärer Faustschlag direkt in die Magengrube.

Noch im selben Moment bricht mir der Schweiß aus allen Poren.

Flammen versengen mich. Zugleich gefriert mir das Blut in den Adern.

Mir wird speiübel.

Am Tisch der beiden Taucher sitzt Rebekka.

Sie blickt mir entgegen, scheint mich zu erwarten.

Meine Beine sind bleischwer.

Zögerlich gehe ich zum Tisch zurück und setze mich schweigend.

Die beiden Taucher lächeln mir zu.

Erleichtert?, fragt der Bärtige.

Ich nicke nur und begegne Rebekkas Blick.

Was machst du hier, Liebling?, fragt sie. Merkst du nicht, dass sie mit dir spielen? Sie verarschen dich, und du merkst es nicht einmal. Hast du ihren Blick nicht gesehen, als du vorhin gekommen bist?

Ich will etwas erwidern.

Sag nichts, fährt sie mich an, mach, dass du wegkommst und lass dir nichts anmerken!

Das Blut rauscht mir in den Ohren.

Ich muss mich fangen. Räuspere mich.

Danke für die Einladung, sage ich an die beiden Männer gewandt und erhebe mich, aber ich werde morgen in aller Frühe weiterfahren, Richtung Norden, brauch noch ne Mütze Schlaf.

Ach, schade, wo solls hingehen?, fragt der Ohrringträger überrascht.

Hab kein festes Ziel, erwidere ich, lass mich treiben und bleib, wo es mir gefällt.

Heute hier, morgen dort, grinst der Bärtige.

Die beiden tauschen einen kurzen einvernehmlichen Blick miteinander.

Die beste Art zu reisen, meint der Ohrringträger und hebt sein Glas zum Gruß.

Der andere tut es ihm gleich.

Auch Ihnen eine gute Fahrt, entgegne ich mit einer angedeuteten Abschiedsgeste.

Der Gang zur Hintertüre ist wie eine erneute Flucht.

Ich steige eilig die Treppe nach oben und verschließe meine Zimmertüre.

Tatsächlich gibt es dafür keinen Schlüssel, sondern zwei metallene Riegel.

Ich lehne mich mit dem Rücken gegen die Türe und starre zum einzigen Stuhl im Zimmer.

Es könnte ja sein, denke ich, aber Rebekka sitzt nicht dort.

Hat sie Recht, haben die beiden mich zum Narren gehalten?
Sind *sie* es? Die Einbrecher?
Ist einer von beiden ums Bootshaus geschlichen?
Waren sie in dem Schiff über mir?

Verdammt, diese Sache wird mich immer verfolgen!
Ich muss zurück!
Ich muss es zu Ende bringen, sage ich zu dem leeren Stuhl
vor mir.
In den frühen Morgenstunden, noch vor Tagesanbruch,
werde ich aufbrechen.

Plötzlich höre ich Stimmen auf dem Parkplatz vor der Gaststube.
Vorsichtig trete ich ans Fenster.
Schiebe den Vorhang ein wenig beiseite und erkenne die
beiden Männer.
Sie gehen scherzend und lachend zu ihrem Wagen.

Der Bärtige wirft einen kurzen Blick nach oben.
In diesem Moment verschwindet das Lachen aus seinem
Gesicht.
Seine Augen blicken kalt zu mir herauf.
Erschrocken weiche ich zurück.

Ich höre wie sie einsteigen, den Motor starten und losfahren.
Erst jetzt trete ich wieder ans Fenster.
Am Ende des Schotterweges biegen sie nach links in nördliche Richtung ab.
Die bin ich hoffentlich los!
Versuch zu schlafen, sage ich zu mir selbst, morgen wird es
entschieden.

Ich ziehe lediglich die Schuhe aus und lege mich aufs Bett.

Die Tagesdecke, mit der ich mich zudecke, ist dünn, doch das macht nichts.
Ich werde nicht lange schlafen.

*Am Ende des Tages*

Gerade setzt die Dämmerung ein.

In der Gaststube und in der Pensionsküche ist offenbar noch niemand zu Gange, als ich sachte die Treppen hinabsteige.
Kein Rumoren, kein Geschirrklappern, kein Radiogesäusel.
Nichts.

Dem Wirt habe ich einen 100 Euro Schein auf den Tisch gelegt, das müsste reichen.
Leise schließe ich die Türe hinter mir und gehe zu meinem Wagen.
Der Kies knirscht unter meinen Schuhen.
Es ist auffallend mild.
Und still.

Der Sturm ist vorüber, der östliche Himmel bedeckt und schwefelfarben.

Das Starten des Motors durchbricht jäh die Stille.
Ich schaue noch einmal in den Rückspiegel, als ich den Stich entlangfahre.
Zum Glück läuft der Wirt mir nicht fluchend hinterher, nach mehr Geld brüllend.
An der Abzweigung zur Landstraße biege ich rechts ab.

Ich fahre zurück zum Bootshaus.

Langsam breitet sich das Tageslicht aus.
Löst die Dunkelheit und ihre Schatten auf. Fast kann man dabei zusehen.
Und doch geschieht es unwirklich, und wie unabsichtlich.

Die See, die immer wieder im Seitenfenster auftaucht, ist ruhig, beinahe spiegelglatt.

Nebelschwaden wabern über die Wasseroberfläche.
Von den Uferweiden und Pappeln hat der Sturm Äste und
Zweige abgerissen und bis zur Landstraße geweht.

Noch bin ich der Einzige, der unterwegs ist.
Und froh, dass die See ruhig ist. Das wird mir den Tauch-
gang erleichtern.
Ein wenig in Sorge bin ich jedoch, wie die Lage im Jadegra-
ben sein wird.
So ein Sturm wühlt alles Mögliche auf.

Einige Minuten später erblicke ich die Vogelinsel im Beifah-
rerfenster.
Sie schält sich aus letzten Nebelschleiern.
Ich werde unruhig, meine Hände beginnen zu schwitzen.
Gleich kommt die Abzweigung.

Doch der Schotterweg zum Bootshaus ist unbefahrbar.
Eine umgeknickte Pappel liegt quer darüber.
Ich muss den Wagen stehen lassen und den Rest des Weges
zu Fuß gehen.

Die Bucht liegt voller Treibgut.
Halbe Bäume, Äste, verstreuter Müll, Holzplanken von Boo-
ten.
Sogar ein zertrümmertes Ruderboot liegt umgekippt am
Ufer.
Die Paddel dazu fehlen.

Die Fenster und Türen des Bootshauses sind unversehrt.
Hier war offenbar niemand mehr.
Die Anspannung in mir löst sich ein wenig.

Ich bringe meine Reisetasche hinein und nehme ein paar
Schlucke Wasser direkt aus dem Wasserhahn.
Gleich darauf gehe ich zur Bootsgarage.

Auch hier scheint alles so, wie ich es zurückgelassen habe.

Trotzdem gehe ich noch einmal die Ausrüstung durch, sicher ist sicher.
Überprüfe die Sauerstoffflaschen und nicke zustimmend.
Ich verstaue alles Nötige im Boot und steige in den Tauchanzug.

Als ich den Motor starte, ruckelt er nur und gibt nichts als ein paar Stottergeräusche von sich.
NEIN! Nicht jetzt! Komm schon, lass mich nicht im Stich!, brülle ich.
Ich versuche es noch einmal.
Wieder zuckelt er nur.
Gleich säuft er vollends ab, denke ich, dann wars das.
Mein ganzes Vorhaben ... dahin!

Ich schließe die Augen und sammle mich, atme tief durch.
Weiß der Himmel, woran ich denke, welche Kräfte ich heraufbeschwöre.
Vielleicht habe ich auch einfach nur Glück, denn als ich es erneut versuche, springt er an.
Na, also! Ich atme auf und fahre aus der Bootsgarage.

Als ich die Bucht hinter mir lasse, werde ich zunehmend nervöser.
Ich schwitze und schlucke unentwegt.
Auf halbem Weg zur Vogelinsel blicke ich zurück zum Bootshaus.

Nichts Auffälliges zu sehen.
Auch nicht im Schilf.
Oder in dem kleinen Wäldchen zwischen Bootshaus und Zufahrt.
Und nirgendwo hat ein Boot geankert.
Gut!

Als ich mich wieder umdrehe, sitzt Rebekka auf der Pritsche am Bug.

Ich freue mich, dass du dich umentschieden hast, lächelt sie, ich bin stolz auf dich. Und du selbst kannst es auch sein. Auch wenn du lange dafür gebraucht hast.

Wir werden sehen, was ich davon habe, entgegne ich und gehe nicht auf ihre Anspielung ein.

Es geht nicht darum, was man davon hat, wenn man das Richtige tut, erwidert sie, es geht darum, *dass* man es tut, *ohne* zu fragen, was man davon hat – weil es eben das Richtige *ist*.

Schon gut, lass uns später philosophieren, ich muss mich konzentrieren. Ich kann mich jetzt nicht ...

Aber genau *das* ist doch das Problem, fällt sie mir ins Wort, ich bin mir sicher, wenn du den Leuten ihren Internetzugang oder ihre Shopping Cards wegnehmen würdest, dann ...

Rebekka, lass es gut sein jetzt!, fahre ich sie an.

Siehst du, und genau das ist auch der Grund, weshalb ich keine Kinder wollte, fährt sie unbeirrt fort, das weißt du genau. Auch nicht mit dir! Um jedes einzelne Kind tut es mir leid. Und was wärst du denn für ein Vater gewesen? Hätte ich mich auf dich verlassen können? Du konntest doch nicht einmal wirklich für dich selbst sorgen.

Wütend erhebe ich mich und will auf sie zugehen.

Das Boot beginnt zu schwanken.

Ich setze mich sofort wieder hin.

Als ich zur Pritsche blicke, ist sie leer.

Erst jetzt bemerke ich, dass ich mir die Unterlippe blutig gebissen habe.

Einige Minuten später ankere ich aufgewühlt in der Nähe der Vogelinsel.

Wieder Möwenaufruhr.

Ich lege die Ausrüstung an.
Ein beschissenes Himmelfahrtskommando ist das!
Ich schaue zum Bug. Die Pritsche ist noch immer leer.
Was, wenn es doch Fässer gibt und sie leck sind?
Soll ich wirklich tauchen?
Minutenlang starre ich zweifelnd aufs Wasser.

Mein Puls rast.
Ich setze mich auf den Bootsrand.
Atme tief ein und aus. Meine Nerven liegen blank.
Ich überprüfe nochmals den Atemregler.

Du musst!, sage ich zu mir.
Ich schließe einen Moment die Augen und lasse mich rücklings ins Wasser gleiten.

Sofort umgibt mich Stille.
Als ob alle Verbindungen zur Welt und ins Leben abreißen, getrennt werden.
Gekappt.
Fokussiere dich!, sagt die Stimme in meinem Kopf.
Es ist kalt, trotz des Tauchanzuges.

Ich muss noch eine ganze Strecke zurücklegen, bevor ich weiter hinabtauche.
Hinter den Bewegungen des trüben Gewässers, dem vom Sturm aufgewirbelten Sand, entdecke ich wenig später den Rand des Grabens.
Aber ist er es wirklich?
Hab ich ihn so schnell erreicht?

Als ich tiefer gehen möchte, zucke ich zusammen.

War da ein Motorengeräusch?

Eine ganze Weile vergeht. Sie kommt mir ewig vor.
Ich spüre die Angst in den Gliedern.
Wie gelähmt blicke ich nach oben.
Ein Schatten.
Was tut sich da über mir?

Plötzlich springen zwei Taucher ins Wasser.

Ich zucke vor Schreck zusammen, gebe einen seltsamen
Laut von mir.

Sie gewinnen schnell an Tiefe.
Kommen direkt auf mich zu.
Adrenalin schießt durch meine Adern.

Ich will so schnell wie möglich hier weg.
Doch die beiden schwimmen mir nach.

Was soll das? Was haben die vor?

Ich muss meinen Vorsprung ausnutzen.
Doch die Entfernung zum Festland ist weit.

*Zu* weit.

Hektisch blicke ich mich um.
Der Abstand zwischen uns verringert sich.

Ich muss direkt über dem Graben sein.
Spüre den Sog der Tiefe.
Und die Kälte.

Verbissen versuche ich, den verlorenen Abstand zwischen
uns wieder herzustellen.
Aber es gelingt mir nicht. Sie bewegen sich zu schnell.
Kommen stetig näher.

Wenn sie ihr Tempo halten, haben sie mich bald eingeholt.

Ich treibe, hetze mich voran.

Mach schon, brüllt die Stimme in meinem Kopf, schwimm!
Schwimm um dein Leben!
Doch ich habe nicht die Kraft, ich spüre es.
Die beiden haben die bessere Kondition.

Jetzt sind sie nur noch etwa zehn Meter von mir entfernt …
vielleicht acht.
Ein kurzer Gedanke an Rebekka, der sofort wieder verschwindet.

Was wollen die von mir? Wer sind sie?
Sind das die beiden aus der Pension?
Konnte ich sie doch nicht auf eine falsche Fährte locken?
Verdammt!

Die Stille ist wie ein Gefängnis.

Ich will schreien und kann nicht.
Warum bin ich hier?
Ein Schwarm Fische zischt an mir vorbei, ruckartig und
hektisch.
Drei, höchstens vier Meter noch …

Ich blicke mich panisch um, sehe ihre Augen hinter der
Tauchmaske.
Ihre Blicke sind ausdruckslos.
Sind *sie* es?

Ich schaffe es nicht.
Verdammt, ich schaffe es nicht!
Sie sind schneller. Kräftiger. Jünger.
Sie sind besser!

Du bist zu alt! Ja, zu alt! Zu langsam!, brüllt die Stimme in meinem Kopf.

Bald versagen mir die Kräfte.

Krämpfe!
Ich weiß, ich werde Krämpfe bekommen.
Meine linke Wade wird sich gleich verkrampfen, ich spüre es.

Was wollen die bloß von mir?
Warum jagen sie mir nach?

Warum bin ich hier?

Warum nur musste ich unbedingt nach diesen Fässern tauchen?

Ich denke an den Fluss. *Meinen* Fluss!
Sehne mich nach ihm.

Verdammt, sie sind keine zwei Meter mehr entfernt!

Ich habe verloren. Es ist vorbei.
Vorbei!

Gut, dann soll es so sein!

Ja, vielleicht *soll* es so sein.

Ich halte inne.

Drehe mich um. Wende mich ihnen zu.
Stelle mich ihnen.

Gleich ... gleich sind sie bei mir.

*Solange wir Worte finden,
haben wir einen Weg.*

# Weitere Titel von Klaus Zeh

## *Prosa*

Taxi *(Roman)*
Mozart oder der Fall des Harlekins *(Roman)*
Lisboa *(Roman)*
Trinity – Irische Begegnungen *(Kurzgeschichten)*
Hey Tonight *(Erzählung)*
Broker *(Roman)*
Strandhill *(Insel Novelle)*
Solange Worte atmen – Notizen aus dem Alltag
Blutschande *(Erzählung)*
Sophia *(Erzählung)*
Wer von beiden *(Dunkelfeld-Episoden)*
Fanad – Ein Aquarell in Worten *(Liebesgeschichte)*
Solas *(Inselkrimi)*
Der Tod und die Frau *(Drama)*

## *Lyrik*

Die Leichtigkeit des Windes *(Ostsee-Gedichte)*
An Ufern aus Jade *(Bodensee-Gedichte)*
Pontoon – oder wann immer ich hier sein werde *(Irland-Gedichte)*
Lichtinseln
Liebes Gedichte